Sonya
ソーニャ文庫

狡猾《こうかつ》な被虐愛

葉月エリカ

イースト・プレス

contents

序章

あの頃、相馬圭吾《そうまけいご》が愛してやまないものは、毎日のようにそばにあった。

たとえば、朝。

洗面用の水を井戸から汲《く》んで届けるたびに、『……まだ眠いの』と不満そうに零される小さな欠伸《あくび》。

たとえば、昼。

女学校帰りに庭の花壇を覗き込み、『西洋スミレはもう咲いた？』と尋ねる愛らしい声。

たとえば、夜。

使用人部屋にこっそり忍び込んできては、『今日も母様に叱られたわ……』とうなだれる細い項《うなじ》。

そうして、あの春の日。

地面の上で四つん這《ば》いになった相馬の背中を、遠慮なく踏みしめるふたつの足。

「ねぇ、ちゃんと支えていてよ」

ぐらつく足場が不安らしく、念を押すように環《たまき》は言った。

その両手は上方に伸ばされ、斜めに張り出した枝を掴もうとしている。小早川《こばやかわ》子爵邸の庭には、樹齢百年を超える桜の古木があり、まさに今が満開だった。

小さな花が密集して咲き誇る様《さま》は、薄紅色の綿菓子をふんわりと纏《まと》ったようにも見える。その木の懐《ふところ》に抱《いだ》かれて、視界いっぱいを花に囲まれればさぞ美しいだろうと、環は木登りに挑んでいるのだった。

「危ないですよ、姫様。もうやめておきましょう」

命じられるまま踏み台になっておきながらも、相馬ははらはらしていた。

こんな場面を誰かに見咎められたら、自分だけでなく、環もひどく叱責される。

次の誕生日を迎えれば十四にもなるというのに、お転婆《てんば》な子爵令嬢は、このところ木登りに熱中していた。

そのたびに危険だと諫《いさ》めるのだが、

『お前はてっぺんまでするする登るじゃないの』

と唇を尖らせて反論される。

自分は男で、十八歳で、環より五つも年上だ。顔も知らない父親は背の高い優男《やさおとこ》だったらしいが、その血を濃く受け継いだのか、身長はすでに六尺を越えた。

もともとの体力や体格の違いについて説明しても、

『相馬にできるなら、私にだってできるもの』

と言い張る環に根負けして、つい付き合わされてしまうのだった。せめて怪我をさせないようそばで見守るのが、自分の務めだと言い聞かせて。

「んー……もうちょっと右かしら」

環の重心が移動し、腰骨のあたりにぐっと圧がかかった。

小柄な彼女の目方自体は、大したことはない。それでも踏まれる場所によっては息が詰まるし、地面についた手足に小石がめり込んで痛んだ。

それを相馬は、甘苦しい気持ちで耐え忍ぶ。

年月が経っても自分を魅了してやまない、彼女との出会いを思い出す。

(本当に、姫様は昔と変わらない……──)

相馬を産んだ母は、本郷《ほんごう》にある古書店の娘だった。

父一人子一人の倹《つま》しい生活を送る中、帝大の医学生から甘い言葉をかけられ、将来を誓ったものと思って身を任せたが、彼は卒業後、病院長の娘とあっさり結婚した。騙《だま》されたと気づいたときにはすでに遅く、その腹には赤ん坊が宿っていた。

未婚のまま子を産んだ彼女は、周囲の白い目に神経を尖らせ、幼い息子に当たり散らした。父親の死後は店を畳むしかなく、知人の紹介により、住み込みの女中として小早川家に雇われたのだ。

それと同時に、当時十歳の相馬に与えられた仕事が、跡取り娘のお目付け役兼遊び相手だった。

環と初めて対面した日、こんなにも美しい童女がいるのかと、相馬は目を疑った。

長い睫毛《まつげ》に縁取《ふちど》られたつぶらな瞳。

下々《しもじも》の子供とは明らかに違う、真珠の粉を刷《は》いたような白い肌。

稚《いとけな》くも気品を備えた鼻筋に、ふっくらと柔らかそうな桃色の唇。

これほど綺麗で眩《まぶ》しい存在は、まるで、絵本や紙芝居の中で見たような――。

『環様は、お姫様ですか……？』

思わず洩《も》れた呟《つぶや》きに、弾《はじ》けるような笑い声があがった。

『かあさま、きいた？　たまき、おひめさまですって！　おじょうさまじゃなくて、おひめさま！』

『このとおり、この子はじっとしているのが嫌いで、女中の手には負えないのです』

はしゃぐ娘に纏わりつかれても、子爵夫人である小早川佳寿子《かずこ》は、眉ひとつ動かさなかった。

床の間を背に静かに座り、温度を感じさせない声で相馬に言い渡した。

『お前は年齢の割に体格が良いし、思慮深い性格だと聞いています。この子がとんでもないことをしでかさないよう、よく気をつけてやってくれますね』

——そこからすでに八年が経つ。

途中、環が十歳になった頃、佳寿子は相馬の任を解き、これからは下男として仕えるように命じた。

同じ年に相馬の母が流感《りゅうかん》をこじらせて死んだため、身寄りのなくなった彼を、環は何かにつけて案じてくれた。

『この本はもう飽きたから、相馬にあげる』

読書が好きな相馬のために、わざわざ小遣いで新しい本を買い、いかにも気まぐれで下げ渡したように押しつける。

『そのお菓子は美味しくないから、相馬が食べて』

『この教科書をあとで捨てておいて』

素っ気なく言いながらも、それが環なりの心遣いだとわかっていたから、相馬は深く感謝して受け取った。手をつけた形跡のない菓子を噛み締め、女学校に通う彼女の教科書を手掛かりに、独学で英吉利《イギリス》語を学んだ。

他の使用人が環を「お嬢様」と呼ぶ中、相馬だけは初対面のときのように「姫様」と呼び続けていた。子供だった環が気に入り、そうするように望んだ名残だ。

そうして、今も。

女学校が休みで、厳しい母親も外出しているこんな日は、環は何かと理由をつけて相馬をそばに呼び寄せる。

そろそろ婚約者が決まってもおかしくない年齢なのに、わきまえねばと思うこちらの気持ちも知らないで、昔のように、ただ無邪気に。

(姫様は、俺を信頼してくださってるんだ)

だからこそ、決して気づかれてはいけなかった。

日に日に年頃の娘らしくなる環を、他の男の目に晒したくないと思っていること。

いつの頃からか、夜毎に耽《ふけ》る妄想の中で、彼女を幾度となく穢《けが》してしまっていること。

四つん這いの姿勢で踏みつけにされると、どうしてか胸がざわざわし、体を巡る血が尋常でなく熱くなること――。

「よい、しょ……っと」

愛らしい掛け声とともに、相馬の背が軽くなった。環の手が枝に届き、体を持ち上げたのだろう。

重さと痛みが同時に消えて、思わず残念になる。環から与えられるものならば、施しも苦痛も、相馬にとって等しく愛しいものだ。

環がもっと小さい頃は、お馬さんごっこに興じる彼女を背中に乗せて、この広い庭を延々と這い回った。そんなことも懐《なつ》かしく思い出してしまう。

「見て！　今日は前より高くまで登れそう」

見上げれば、環は身軽な猫のように、木の幹をするすると這いあがっていくところだった。先週やっとのことで到達した枝を越えて、さらに上へ、上へと。

「そこまでにしましょう、姫様！」

相馬は慌てて立ち上がった。

「それ以上は本当に危険です。戻ってきてください」

「大丈夫よ。もしも落ちたら、相馬が受け止めてくれるでしょう？」

「それはもちろんですが……」

このときの相馬は、本気でそう思っていた。万一のことがあれば、自分が下敷きになって大怪我をしてでも、環のことだけは守ろうと。

が、唐突に風が吹いて、相馬はあっと息を呑む。

環の着物の裾が煽《あお》られ、襦袢と一緒に大きくめくれた。木登りなどして、ただでさえあられもない状態になっているのに、脛《すね》ばかりか太腿の奥まで覗けそうなほどに。

釘付けになりかけた視線を、相馬は急いでもぎ離した。

(駄目だ。見るな。俺の卑しさが姫様に知れたら――……)

忌まわしい劣情を抱《いだ》かれているとわかれば、環はたちまち警戒し、自分を遠ざけるようになるだろう。幼い頃からの馴染みで優しくしてやったのに、恥知らずにもほどがあると軽蔑されるに決まっている。

いや、軽蔑ならまだいいのだ。

彼女を怯えさせ、泣かせることだけは、相馬は絶対にしたくなかった。

穢れた欲望を覚える反面、華族令嬢らしく気丈で凛《りん》とした環を、崇拝に近い気持ちで愛していた。

(逆立ちしたって、俺なんかが触れていい人じゃないのはわかってる。俺にできることはせいぜい、姫様の踏み台になって、馬になって、この身ひとつでお仕えすることくらいだ)

「相馬、見て。……見なさいよ、ねぇ」

とうとうてっぺんに達したのか、環の声が降ってくる。

焦《じ》れったそうな呼びかけは、一瞬後、甲高い悲鳴と化した。

「きゃあぁっ――――!」

――どさっ、と信じたくない落下音を聞いた。

目を向けた相馬は、しばし棒立ちになり、動けずにいた。

桜の木の根本で、環がうつ伏せに倒れている。

体を丸め、涙を流して、「痛い……痛いぃ……」と呻《うめ》いている。

「……姫様っ!」

金縛りが解けたのは、あっという間に腫《は》れあがっていく彼女の足首を見たからだった。

そこは素人目からしても、おかしな向きにねじれていた。赤黒く内出血して、下手に動かすのも恐ろしかったが、このまま放ってはおけない。

「申し訳ありません！　俺が……俺が、目を離したせいで……っ」

とにかく屋敷内に運び、一刻も早く医者を呼んでこなければ。

痛みに悶える環を横抱きにすると、彼女は首を横に振った。

「駄目……お前は、一緒にいなかったことにしないと……」

相馬の胸を弱々しく押しやり、環は必死に言葉を紡《つむ》いだ。

「私が、勝手に木から落ちて怪我したの……相馬は悪くない……母様にそう言わないと」

そこで環は目を閉じ、がくんと首を落とした。あまりの痛みに気を失ったのだ。

(姫様が、俺を庇《かば》おうとしてくださった……──)

相馬の全身は、雷に打たれたように震えた。

こんなことになったのは、自分が邪《よこしま》な気持ちに囚われ、上の空でいたせいなのに。

失神するほどの苦痛の中、環は相馬の身を案じて、守ろうとしてくれたのだ。

相馬は奥歯を食いしばり、屋敷に向けて駆け出した。

「誰か！　誰か来てくれ、姫様が……！」

大声で人を呼び、助けを求める。事態が伝わるなり、屋敷は一気に騒然となった。

医師の診立《みた》てによれば、環は右足首を骨折しており、完全に治るかどうかはわからないということだった。

外出から帰ってきた佳寿子の前で、相馬は平身低頭《へいしんていとう》し、自分の不注意から環に怪我をさせてしまったと説明した。

事故現場にいたことも、木に登りたがる環を止められなかったことも隠さなかったが、己の本当の罪を打ち明けられずにいたのは、やはりいじましい保身のためだった。

気を許した相手に性的な目で見られていたと知れば、環の心の傷は、おそらくもっと深くなる。

愛する姫様に憎まれることが、相馬は何より恐ろしかった。

そばにいられさえすれば、どんな面罵《めんば》でも受けるつもりだったが、もうこれきり彼女と引き離されることはわかっていた。

「——出ておいき！」

事情を聴いた佳寿子は、わなわなと震え、声を荒らげた。自分の手で打ち据えることすら汚らわしいというように、他の使用人らに制裁を下すよう命じた。

雇い主に逆らうことのできない彼らは、気の毒そうな顔を見合わせたものの、相馬を夜の庭に引きずりだして、殴る蹴るの暴行を加えた。

全身から血を流し、動けなくなった相馬に、佳寿子は唾棄《だき》するように言い捨てた。

「お前のような下賤《げせん》の私生児を、環のそばに置いておいたのが間違いでした。二度とこの家に近づくことは許しません。卑しい野良犬らしく、どこでなりと野垂《のた》れ死になさい」

そのまま気絶していた相馬は、東の空が白む頃になって意識を取り戻した。ぼろぼろの着物だけを纏い、懐には一銭もないまま、屋敷を出ていくしかなかった。

瞼《まぶた》が腫れて半分以下になった視界に、ふと紫色の何かがぼやけて映った。

花壇から種が飛んだのか、一輪だけぽつんと咲いた西洋スミレだ。

環はこの花を気に入って、毎年、春先になると『いつ咲くの?』と楽しみにしていた。

『梅や菊なんかより、ずっとハイカラで可愛いわ』と。

朝露に濡れた花に、相馬は震える手を伸ばした。

ぷちりと、指先に儚《はかな》い感触が伝わる。今は瑞々《みずみず》しい花も、茎から毟《むし》られ、水に浸けることもしないままでは、ほどなく萎《しお》れてしまうだろう。

それでも、今の相馬が残せるものはこれしかなかった。

まっすぐに立てない体でふらつきながら、環の部屋に面した縁側に向かう。

そこは雨戸が立てられており、彼女の様子を窺うことは叶わなかった。沓脱石《くつぬぎいし》の上に、相馬は西洋スミレをそっと置いた。

(――さようなら、姫様)

どうか、彼女の怪我ができる限り癒《い》えますように。

見守るだけでもいいからそばにいたいと願っていたが、自分のように卑賤な男は、やはり環のためにも消えるべきなのだろう。

(だけど、もし……もしも姫様が困っていて、俺なんかでも役に立てることがあるなら

……そのときは、何をおいても駆けつけます)

誓いを立てた相馬は、深々と頭を下げ、踵《きびす》を返した。

誰もいなくなった庭に朝日が差し込み、花弁に宿った朝露が、白い光を静かに弾いた。

一　屈辱の再会

――大正十二年、春。

吉原《よしわら》の桜は一夜にして現れ、一夜にして消える。

弥生《やよい》の初めに植木職人が開花前の桜を運んで植樹し、花の散ったあとは根こそぎ抜かれて、跡形も残らない。ひと月限りの幻の景趣だ。

それはすなわち、この遊里《ゆうり》の本質に似ている――と環は思う。

数多くの娼妓《しょうぎ》を抱え、あたう限り着飾らせては、いずれ衰える美貌と若さを骨の髄《ずい》まで消費させる。

心身を摩《す》り減らして商売し、病《やまい》に倒れることなく年季を終えても、大門をくぐって外に出たのちは、ほぼ女としての価値はない。

馴染み客に囲われて妾《めかけ》となったり、店でも持たせてもらえたりすれば僥倖《ぎょうこう》で、日陰の烙印を押された女たちは、街娼となって再び春をひさぐくらいしか、生きる道は残されていないのだ。

　そんな未来を知ってか知らでか、銀華楼《ぎんかろう》の遊女たちは今日も喧《かまびす》しく騒いでいた。

　目抜き通りの仲之町《なかのちょう》に植えられた桜が、ようよう満開になったというので、夜見世《よみせ》前に見物しようと盛り上がっているのだ。

「早く行こうよ。とっとと行って戻ってこないと、遣《や》り手の婆《ばば》ぁにどやされちゃうよ」

「待ってよぅ……昨日の客がしつこくて、こっちは腰ががたがたなんだから……」

「清里《きよさと》姐さんも誘おうよ。最近羽振《はぶ》りのいいお客がついたから機嫌がいいし、お団子くらい奢《おご》ってくれるかも」

「そうだねぇ。あたしは羊羹《ようかん》か豆大福のほうがいいけどね」

　姫鏡台の前で身支度しながらはしゃいでいるのは、十九歳の環とさほど年頃の違わない娘ばかりだ。

　夜《よ》っぴて客を取り、長い朝寝から覚めた顔は少しばかりむくんでいるが、それを差し引いても全員それぞれに華がある。ここ銀華楼は江戸時代から続く老舗《しにせ》で、お職を張る花魁《おいらん》以外の娼妓たちも美人揃いなことで有名だった。

　と、中の一人がこちらを振り返る。

　部屋の隅で本を読むふりをしつつ、聞き耳を立てていた環はどきりとした。

「新入りの……えっと、若緑《わかみどり》さんだっけ？　あんたも一緒に見に行く？　桜」

環の源氏名《げんじな》を呼んで話しかけてくれたのは、童顔で気のよさそうな娘だった。

幼い外見に似合わぬ床上手《とこじょうず》らしく、多くの贔屓客《ひいききゃく》がついていて、そのうち部屋持ちに昇格するのではないかと囁《ささや》かれている。

（誘ってもらえた――？）

掌《てのひら》にじわりと汗が滲んだ。

銀華楼に身を置くようになって、およそひと月。その間誰とも口をきかずにいたため、こうして声をかけられると、どんな顔をしていいかわからない。

しかし、環が返事をする前に、

「やめときなって」

と冷ややかな声が飛んだ。

「元華族令嬢様は、あたしらみたいな汚い連中を見下してらっしゃるんだから」

「そうそう。ここに売られてきた日なんか、周旋屋《しゅうせんや》に食ってかかってたもんね。『こんな場所で私に、淫売の真似事をしろと言うんですか？』って」

「真似事も何も、まんまそうだっての」

「一緒にいると病気がうつるって怖がられちゃうよ～」

けらけらと嘲笑する者、舌打ちする者、鬱陶《うっとう》しそうに環を睨《にら》みつける者。あからさまな敵意を向けられて、環は思わず口走った。

「結構です。――桜は嫌いですから」

「はぁ？　お嬢様がなんか言ってますけど」

「ほんとに可愛げがないったら。頭下げて泣いて詫びりゃあ、許してやらないこともないのにさ」

「とっとと初見世《はつみせ》終えてやられちまいな！」

口汚い罵《のの》りを残して、遊女たちは桜見物に出かけていった。しんと静かになった部屋で、環は唇を嚙み締めた。

――泣くものか。

環の生まれた小早川子爵家は、平安の頃から続く公家華族だった。

父の放蕩《ほうとう》がもとで没落し、苦界《くがい》に身を沈めることになったとはいえ、連綿と受け継がれた尊い血を引く自分が、こんなことで誇りを傷つけられてなるものか。

(それに……本当に桜なんて見たくない)

春が来るたび、あの花は苦い記憶を思い出させる。

六年前、庭の桜から落ちたことがきっかけで、環は大切なものを失ったのだ。

雨が降る日は今も痛む右足首に、手を伸ばしてそっと触れたときだった。

「若緑、いるかい？」

襖が開いて、海老茶《えびちゃ》の大島紬《おおしまつむぎ》を着た楼主《ろうしゅ》が顔を覗かせた。

当年とって七十歳になるという彼は、環が膝の上で開いていた本に目を留めると、福々しい笑みを浮かべた。

「しっかり勉強しているようだね。感心、感心」

褒められたところで、少しも嬉しくはならない。

環が眺めていたのは、男女の閨事《ねやごと》についての指南書だった。吉原という特殊な空間で、男の精を抜くことを生業《なりわい》とする遊女の知恵と工夫が、生々しい挿絵つきで綴《つづ》られている。

触れるだけでも悪寒がするが、どこまで理解したかを口頭で報告させられるため、読まないわけにはいかなかった。まだ水揚げ前であり、朋輩《ほうばい》と雑談すらできない環には、他にやることもない。

「どうだい？　ちっとはここの生活にも慣れたかい？」

懐手《ふところで》した楼主が、目の前にどっかと腰を下ろした。

環は不承不承《ふしょうぶしょう》、姿勢を正して小声で答えた。

「……おかげさまで」

白々しい嘘だということは、楼主にももちろん伝わっているだろう。

環にとって、遊郭という場所はおぞましい生き地獄にしか思えなかった。女の操《みさお》という何よりも大切なものを売り渡し、嫁にも行けない体にされて、借金を返し終えるまでは家畜同然の扱いを受ける。

食事は朝夕だけの質素なもので、ひもじければ身銭を切って弁当やお菜《さい》を買う。その他にも衣装代や髪結い代、仕舞日《しまいび》に客がつかなかった場合の罰金など、ことごとく金を抜かれる仕組みになっており、借金が減るどころか嵩《かさ》むばかりの者もいる。

それでも銀華楼は老舗なだけ、遊女の扱いはましなほうだというのだから、河岸見世《かしみせ》や切見世《きりみせ》と呼ばれる劣悪な環境の妓楼はどれほどだろう。

このひと月だけでも、梅毒で死んだ遊女や、足抜けに失敗して半殺しの目に遭った遊女や、間夫《まぶ》に裏切られて首を括った遊女の噂を聞いた。

何より恐ろしいのは、そんなことが日常の四方山話《よもやまばなし》として、食事中や入浴中にあっけらかんと語られることだった。

ここでは遊女の命などちり紙より軽く、自由や人権を望むことは愚かの極みだと、仲間にすら鼻で嗤《わら》われる。

「しかし、いいねぇ。若緑はただ座っているだけで気品がある。居住まいが違う。さすが小早川子爵家のご令嬢だ」

唐突におだててくる楼主に、環は眉をひそめた。

華族の血筋は環の誇りではあったが、女を食い物にする阿漕《あこぎ》な男に言われても、嫌悪感ばかりが募った。

「実はね。お前の初見世の客が決まったよ」

「え――」

楼主の言葉に、環は身を強張らせた。

いつまでも見習いの立場でいられないことはわかっていたが、とうとう……と目の前が真っ暗になる。

「お前ほどの美貌なら、ゆくゆくはうちのお職も張れるだろう。その初見世ともなれば、とびきりのお大尽《だいじん》をと、八方手を尽くして探したのさ」

恩着せがましく楼主は言った。

「ほうぼうから名乗りがあがったが、中でも桁違いの玉《ぎょく》を弾もうって御仁《ごじん》がいてね。しかも若くて、見目もいい。とある会社の社長で、今後も太客《ふときゃく》になってくれそうだから、せいぜい気に入ってもらわなければね。なぁに、衣装や夜具《やぐ》の準備はこっちに任せておくといい」

初見世は五日後だと一方的に告げて、楼主は部屋を出ていった。

残された環は俯《うつむ》き、着物の膝に爪を立てた。

絶望に胸が侵されて、体の芯から湧き起こる細かい震えは、止めようとしてもいっかな止まらなかった。

❀　❀　❀

銀華楼の期待の新人、若緑の初見世は、何事も簡略化された当世の吉原らしからぬ、時代がかった趣向が凝らされることとなった。

仲之町を練り歩く花魁道中《おいらんどうちゅう》こそ叶わぬものの、初会《しょかい》を経て、裏を返し、三度目の逢瀬でようやく床入りの運びになる——という古くからのしきたりを、そのまま踏襲することに決まったのだ。

「うなるほど金を持ってて、懐の深いお方だからこそできる遊びさ。本当にあんたはいい初客に恵まれたよ」

いよいよ初見世を迎えるという日の夕刻。

遊女たちを管理する遣り手は、身支度の最後に分厚い襧襠《しかけ》を着せつけながらそう言った。

普段は意地の悪い老女も、環の客が惣花《そうばな》をつけたせいで、今日ばかりは機嫌がいい。惣花とはその妓楼の遊女のみならず、下働きの奉公人まで全員に祝儀を弾むことをいう。

環の初見世には、それだけでも充分な箔《はく》がついたが、装いのほうも格別だった。

姿見の前に立った環を矯《た》めつ眇《すが》めつし、遣り手が満足そうに頷く。

「あんたは色が白いからほとんど白粉《おしろい》もいらないし、着物の黒が映《は》えること。顔立ちが古風で上品だから、こういう仕立てが似合うもんだねぇ」

環は死んだような目で姿見を眺めた。

そこに映っているのは、江戸の時代から迷い込んだかのような、昔風の出《い》で立ちの遊女だった。

左右の髷《まげ》をふっくらと倒し、大きな蝶《ちょう》が留まったような形に結われた横兵庫《よこひょうご》。そこに象牙の櫛《くし》や鼈甲《べっこう》の簪《かんざし》をふんだんに挿し、いかにも花魁らしい髪型に仕上げられている。

三枚重ねの表襴襠《おもてじかけ》は、今の季節を意識したのだろう。闇に浮かぶ夜桜が、裾や袖に絢爛に刺繍されたものだった。檜垣文様《ひがきもんよう》が織り出された金襴《きんらん》の帯は前結びで、その端はだらりと垂らされている。

唇と目尻に差した紅が、青ざめた顔色との対比で、不吉なくらいに鮮やかだった。

(――この女は、一体誰なの)

美しいか醜いかでいうのなら、おそらく前者にあたるだろう。着物も帯も一級品で、実家に暮らしていた頃でも、ここまでのものを身に着けたことはない。

けれどこれらはすべて、今宵の出資者である男の目を楽しませ、最後には脱がされるための拵《こしら》えだ。

どれだけ高価な衣装でも――否、高価だからこそ、趣味の悪い人形遊びに付き合わされているようで、環はいっそうみじめになった。

「橘様《たちばな》は、もうお座敷におあがりだからね。初会は顔合わせだから、黙ってじっとしてりゃいいんだよ」

環の初めての客の名は、橘というらしい。

だがおそらく、これは本名ではないと思われた。

社会的な憚《はばか》りがあるだの、俗世での立場を忘れたいだの、正体を明かさず遊びたがる客は多くいて、「蓮見《はすみ》」「梨屋《なしや》」「桐野《きりの》」など、植物にちなんだ偽名で呼ぶというのが、銀華楼でのならわしだった。

（どんな人なのかしら……初会を終えて、裏を返して……早ければ明後日の晩には、その男に抱かれなければいけないなんて……）

今日に至るまで、環は何度も逃げ出そうと考えた。

だが、捕まって折檻《せっかん》される恐ろしさを想像すると、どうしても行動に移せなかった。たとえ無事に逃げおおせたところで、屋敷はすでに人手に渡り、迎えてくれる家族も頼れる縁者もいないのだ。

もはや観念するほかなく、遣り手に導かれた環は、二階に続く梯子段《はしごだん》を上がった。

朱塗りの欄干《らんかん》で囲まれた回廊からは、小さな築山《つきやま》や石灯籠《いしどうろう》を設《しつら》えた中庭が見下ろせるようになっている。遊女は足袋《たび》を履かない決まりなので、春とはいえ冷えた足の裏で、年代物の廊下がみしみしと鳴った。

組子《くみこ》飾りのある廊下を進むうち、引き付け座敷のほうから、三味線の音色や謡《うたい》の声が聞こえてきた。先に呼ばれた芸者や幇間《ほうかん》が、にぎにぎしく場を盛り上げているのだ。

嫌だ、嫌だ——と思ううちにも、いよいよ座敷の前に辿り着く。

「いいね？」と目線で念を押した遣り手が、廊下に膝をつき、鳳凰《ほうおう》の描かれた襖をもったいぶった仕種《しぐさ》で引き開けた。

「お待ちどおさんでございます。若緑さん、おなりでございますぅー」

奇妙な節回しで到着が告げられ、座敷の中の音がふつりとやむ。

台のものがずらりと並べられ、真鍮《しんちゅう》の燭台《しょくだい》が灯る空間には、黒い引き着姿の芸者が二人と、羽織を着た中年の幇間がいた。

肝心の客は洋装で、上座から斜め手前の位置に座っている。

やや長めの前髪に、縦縞《たてじま》のタイを合わせた銀鼠色《ぎんねずいろ》の三つ揃い。

胡坐《あぐら》ではなく折り目正しい正座の姿勢で、女を買いに来たというより、まるで見合いの席にでも臨《のぞ》むかのようだ。

彼と視線が交わった瞬間、環の全身の血が音を立てて凍りついた。


(相馬……——!?)

紅を引いた唇が戦慄《わなな》いた。

かつて幾度となく呼んだ名を呟きかけて。

――そんなはずはない。

――彼がこんなところにいるはずがない。

よく似た別人だと言い聞かせるものの、繊細で中性的な美貌や、こちらを見つめる切れ長の瞳は、六年前に屋敷から消えた相馬圭吾だとしか思えなかった。

ふらつきかけた環に、彼が腰を浮かせる。

「ひめ――……」

「まぁ、しっかりなさってくださいよ！」

環を支えたのは彼ではなく、傍らに控えていた遣り手だった。見えない角度で環の手の甲をつねりながら、追従笑い《ついしょうわら》いを浮かべる。

「あいすみません、橘様。なにぶん、若緑さんは今宵が初見世なもんですから。初心《うぶ》なあまりの不調法と、広い心でお許しくださいねぇ」

「……はい」

友禅の座布団に座り直す男を、環は改めて凝視した。

今さっき、彼は「姫様」と声にしかけた。

間違いない。

環のことをそう呼ぶのは、後にも先にも相馬だけだ。

（まさか……まさか、また会えるなんて……）

喜びと懐かしさが溢れかけた瞬間、恐れにも似た戸惑いがそれらを打ち消す。

この再会が、まったくの偶然とは思えない。いまさらこんなところまでやってくるなんて、一体どういうつもりだろう。

（もしかして……――復讐？）

忘れられない罪悪感が、ひやりと胸を刺した。

相馬が屋敷を追われた原因は、環にあったから。

着の身着のまま無一文で追い出され、きっとさんざん苦労もしただろう。その恨みを晴らすつもりで現れたのだとしたら。

遣り手に指示され、環が腰を下ろしたのは、相馬の正面ではなく、床の間を背にした上座だった。廓《くるわ》の中では、客よりも花魁のほうが偉いという昔のしきたりを、ここでも忠実に守った形だ。

「若緑さん」

生真面目な顔を環に向けて、相馬が口を開いた。

「橘と申します。このたびはお目にかかれて光栄です」

まったくもって、趣味の悪い茶番のようだった。

別人のふりをして。さも初めて会ったような顔をして。

この男は相馬圭吾でしかないというのに。

小早川家で働いていた女中の息子。

母親が死んだあとは下男として、お情けで屋敷に置いてもらっていた、身分も学もなかった少年。

その彼が何故、大人物《だいじんぶつ》のようななりをしてここにいるのだ。

「若緑さんはこう見えて、それはもう苦労なさったんですよ」

朱塗りの杯に酒を注ぎながら、遣り手がべらべらと余計なことを喋りだす。

「もとはさる子爵家の令嬢でしたのに、父親が借金をこしらえて失踪して、屋敷も土地も取られてね。母親は死んでしまったし、頼みにできる親戚もいなくて、残った借財を清算するためにうちに流れてきたんです。それでも、地獄に仏とはこのことですよ。橘様のようにご立派な旦那様に見初《みそ》めていただいて、こんなに運のよい妓《こ》はありません。どうぞ末永く可愛がってやってくださいねぇ」

環はいたたまれずに歯噛みした。

時代に取り残された華族が没落し、当主の娘が身売りする——御一新《ごいっしん》以降、よくあると言えばよくある話だ。

それでも、そんなみじめな身の上を相馬にだけは知られたくなかった。

彼の中での自分は永遠に、気高く清らかな「姫様」でありたかったのに。

「お母上も……ですか」

　相馬が驚いたように呟いた。

　思春期を迎えた環が相馬と過ごすことを、母の佳寿子はよく思っておらず、ことあるごとに『わきまえなさい』と怒られた。

　相馬も同様の叱責を受けたはずだが、性懲《しょうこ》りもなく近づいてくる環に、弱ったような笑みを浮かべて付き合ってくれたものだった。

「あの」

　意を決したように、相馬が遣り手に話しかけた。

「若緑さんと、二人だけにしていただくわけにはいきませんか。そういったことは、ここでは失礼にあたるのでしょうか」

　何を言い出すのかと、環は目を瞠《みは》った。

　周りに人がいればまだしも、自分を恨んでいる男と二人きりにされれば、何が起きるかわからない。

「まぁまぁ、橘様」

　ころころと愉快そうに笑いつつ、遣り手は老獪《ろうかい》に瞳を光らせた。

　相馬は今年で二十四になるはずだが、いかにも遊び慣れていなそうな彼を、絶好のカモだと見なしたのだろう。

「本当の江戸の時代ならともかく、今はもう大正ですからね。うちでも、普段は初会馴染みということにさせていただいてますけれど……このたびは、いずれはお職も張ろうって若緑さんの初見世ですから、あえての昔風にしたんですよ。橘様もご納得の上でのことでございましょうに」

「妙なことはしません」

床入りを逸《はや》っていると思われたことが心外なのか、相馬の声が低くなった。

「ただ少し、若緑さんと打ち解けた話がしたいだけです」

「それでも、一旦はこれでとした決まりですから。横紙破りなことは、やっぱり……ねぇ」

言外に含まれた意味に、相馬も気づいたらしい。

「では、これを」

背広の懐から抜き取った外国製らしい革財布を、相馬はそのまま遣り手に預けた。

「返していただかなくて構いません。皆さんへの祝儀の上乗せです」

豪気であり、無粋でもある振る舞いに、環は唖然《あぜん》とした。

しかし、粋と張りが失われた今の廓でものをいうのは、やはり金なのだ。

「あらま！　なんだか申し訳ありませんね。こっちは何もそんなつもりじゃ……そこまでおっしゃるなら、まぁ少しくらいなら」

重たげな財布に声を上擦らせ、遣り手は芸者衆に目配せした。環と相馬だけを残して、皆が座敷を出ていこうとする。

（待って……！）

思わず、すがるように遣り手を見つめた。だが彼女は「しっかりやれ」と言わんばかりに環を睨むと、廊下に出て襖を閉じてしまった。

途端に時の流れが緩慢になり、空気が薄くなる。

相馬が座布団から下りて、環の正面にいざり寄った。

色素の薄い灰褐色の瞳に、滑稽なほど着飾った遊女の姿が映っていた。

「お久しぶりです、姫様――小早川環様ですね」

「……人違いでしょう」

環はとっさに顔を背《そむ》けた。いわゆる廓詞《くるわことば》も一応は仕込まれていたのだが、うろたえるあまり何も思い出せなかった。

「俺のことは覚えていらっしゃいますか」

しらばっくれようとする環に、相馬は動じなかった。昔より深みが増した気のする声で、馴れない猫を懐柔《かいじゅう》するように語りかける。

「相馬です。相馬圭吾。偽名での登楼については、失礼しました。事前に俺だとわかれば、姫様には会っていただけないかと思ったものですから」

相馬は畳に手をつき、深々と頭を下げた。

「六年前のことは、本当に申し訳ありません」

（えっ……）

環は虚をつかれて彼を見た。

相馬が謝っている。

六年前といえば、あの一件に違いないだろうが――何故、彼のほうが自分に？

「木登りをお止めしなかったばかりか、落ちてきた姫様を受け止め損ねて、大怪我をさせてしまいました。……その後、お加減はいかがですか」

こちらを窺う相馬の目には、ひたすらに己を責め、環を労《いたわ》る色だけが滲んでいた。

環はようやく理解した。

この態度は偽りではない。

（あの事故は、自分だけに非があったと――本気でそう思っているの？）

六年前の春。

環は庭の桜に登って落ちて、右足首を骨折した。

日常生活を送れるほどには回復したが、折々に鈍い痛みが蘇《よみがえ》り、得意な日舞を続けることもできなくなってしまった。

娘が疵物《きずもの》になったと取り乱した母は、監督不行き届きだと相馬を責めた。

そばについていながら何故そんなことをさせたのか、どうして助けることができなかったのかと詰《なじ》り、他の使用人に命じて袋叩きにさせた上、彼を屋敷から追い出した。

折れた骨が熱を持ち、痛みにうなされていた環は、すべてが終わってからそれを知った。気づいたときには、八年もの時を共に過ごした相馬はどこにもおらず、行方は杳《よう》として知れなかった。

なんということをしてくれたのかと、環は生まれて初めて母を怒鳴った。

それまでも彼女の目を盗んで琴の稽古《けいこ》をさぼったり、相馬を伴って近所のお祭りに出かけたりはしていたけれど、正面から歯向かったことはなかったのに。

しかし母から返ってきたのは、容赦のない平手だった。

『あれは女中の子で、しかも男です。今後は、あのように下賤な者と親しくしてはいけません。あなたは母様と同じように、いずれ婿を取って小早川家を継ぐ定めなのですから、身を慎みなさい』

環の少女時代は、そのときを境に終わった。

十三にもなって分別がつかないのなら仕方がないと、母は環に監視役の女中をつけた。女学校の教室にも、友人の家に誘われたときにも、その女中は常についてきて、すべてを母に報告するものだから、のびのびした学校生活など望むべくもない。

次第に友人とも疎遠になり、好きだった日舞で気をまぎらわすこともできず、環は母の望むとおりの「いい娘」を演じるしかなかった。

が、母の意に添うよう茶道や華道を習うこともそのうちできなくなった。柄

父の女遊びと博打狂《ばくち》いがいっそうひどくなり、ほうぼうで作った借金を取り立てに、柄の悪い男たちが押しかけてくるようになったのだ。

家令が金策に走り回り、どうにか体裁を保《たも》とうとしたものの、家の財政はたちまち逼迫《ひっぱく》していった。使用人の数を減らしても、先祖伝来の骨董を質入れしても、父が次々に借金を重ねる限りは焼け石に水だ。

学費さえ工面できなくなり、環は女学校を退学した。級友たちには縁談が決まったからだと見栄を張ったが、あの嘘はきっと見抜かれていただろう。

自分が外に出て働こうかと母に提案したけれど、『みっともない』と一蹴《いっしゅう》された。食事の内容が倹《つま》しくなっても、美しかった庭が荒れていっても、そんなことは自分のあずかり知らぬことだとばかりに、母は見て見ぬふりをしていた。

思えば、彼女は本当に誇り高い人だった。

華族の姫君という言葉は母にこそふさわしいもので、誰かにすがったり頼ったりということを決してしない人だった。

だからこそ、生まれ育った屋敷が人手に渡るという現実に耐えきれず、あのように無惨《むざん》な最期《さいご》を遂げることになったのだろうが――。

「実は、つい最近まで洋行をしていたんです」

怪我の具合について環が答えなかったからか、相馬は話題を転じた。

「巴里《パリ》に一年、そのあとは倫敦《ロンドン》にまた一年。恩のある方から貿易会社を任されることになったので、新たな取引先を開拓しがてら、見聞を広めてこいと言われて」

興味のないふりをしていたが、環は耳をそばだてずにいられなかった。

洋行に、貿易会社。あれから相馬の身には何があったのだろう。

「姫様のお耳を穢《けが》すような話ですから、詳しくは申しませんが……お屋敷を出たあと、俺は横浜《よこはま》のドヤ街で、その日暮らしを送っていました」

ドヤ街というのは確か、日雇いの人足《にんそく》が住み着いた土地のことだ。

吉原の近くにもあって、昼間から酒気《しゅき》を帯び、風呂にも入っていないような男たちが廓をひやかしにくるのに、環は怯えたことがある。

長身だが線の細い雰囲気のある相馬が、あんな荒くれ者たちに混ざって生活していたというのが、にわかには信じられなかった。

「そんな暮らしが半年以上も続いた頃でした。俺は酔っ払い同士の喧嘩に巻き込まれて、車通りのある道に突き飛ばされて――」

そこに走ってきた黒塗りの自動車が、道にまろび出た相馬を撥《は》ねた。

軽い接触だったらしいが、頭を打って倒れた相馬は、血を流して気を失った。慌てふためく運転手に、ともかく病院へ運べと命じた老人が、のちに相馬の恩人となる男だった。

井津元輝彦《いづもとてるひこ》という名を聞いて、環は唖然とした。

世事に疎い環ですら知っているくらいの、巨大な財閥の会長だ。銀行、鉄道、造船、紡績など、あらゆる事業を展開しており、軍部との繋がりも深いと聞く。

それだけの地位を築くには、さぞ腹黒いことをしていそうなものだが、井津元自身はいたって情に厚い人間だった。

相馬が病院で目を覚まし、命に別状はないとわかると、貧しい青二才でしかなかった彼に、『すまなかった』と自ら頭を下げたのだ。

『どうか、運転手を恨まないでやってくれ。彼は昔から私に忠実に仕えてくれて、病身の妻がいる身だ。怪我が治るまでは私が責任を持って面倒を見るから、どうか内々におさめてくれないか』と。

「本当に不思議な方でした。偉い人なのに、少しもそんな素振りがなくて。気づいたら俺は、自分の生い立ちを自然と話してしまっていました」

父を知らず、未婚の母に育てられたが、死ぬまで愛情をかけてはもらえなかったこと。

子供の頃は、とある令嬢のお目付け役として、長じてからは下男として、屋敷に置いてもらっていたこと。

しかしそこも馘《くび》になり、今は日銭を稼ぐのが精一杯であるということ。

好きなことは読書だと話すと、井津元は驚いたようだった。

生家が古書店だったし、令嬢がいらなくなった本や教科書をくれたので、尋常小学校を卒業したのちも独学で勉強を続けたと話すと、興味深そうに身を乗り出した。

『君は地頭《じあたま》がいい上に、向上心もありそうだ。ドヤ街で日雇いなどしているのはもったいない。君さえよければ、私のもとで本格的に経営の勉強をしてみないか』

それが、相馬の人生の転機になった。

十代の頃から裸一貫で苦労してきた井津元には、酔狂ともいえる癖があった。有望株だと見込んだ若者を援助し、期待以上の成果を残せば、実子同然に事業に関わらせる。

相馬もまた、その幸運にあずかった者の一人だった。

昼も夜もなく努力を続け、井津元の経営手腕をそっくり学び終えた彼は、二十代半ばの身で貿易会社のひとつを任されることとなったのだ。

「この二年間、日本の地を踏むことは一度もありませんでした。そのため、小早川のお屋敷が大変だったことも、姫様の苦境も存じ上げず……あらましを知って、慌てて駆けつけた次第です」

「何をしにきたの？」

環の口から思わず言葉が洩れた。

「自分は運良く成り上がったけれど、お前を顎で使っていた私は、こんな場所にまで身を落とした——その差を笑いにきたというの？」

切りつけるような口調だったのに、相馬の頬は嬉しそうに紅潮した。環がやっと無視をやめて、彼と向き合ったからかもしれない。

「やはり姫様は姫様です。あの頃と何もお変わりない」

(変わってないですって？　どこが……！)

腹の底を焼く感情の正体が、羞恥であることに環は気づいた。

環が零落していくのと反対に、相馬は女中の子と思えぬほどの出世を果たした。どれだけ着飾ろうと今の環はしょせん遊女で、相馬はそれを買った客なのだ。

となれば、彼の目的はひとつしかない。

どれだけ礼儀正しそうにしていても、ここは遊郭で、相馬も成人した男なのだから。

「嬲《なぶ》る気ならば、さっさとなさい」

刺すように睨みつけると、相馬が息を呑んだ。

「目的を果たして帰って。そうして二度と私の前に現れないで」

本来ならば、あと二回の宴席を設けてからという決まりがあるが、構うものか。

震える手を帯にかけるも、男衆《おとこし》の手を借りて固く結ばれた前帯は、どこをどうすれば解けるのかわからない。躍起《やっき》になって引っ張る環に、相馬が声をあげた。

「違います！　待ってください」

「どうかなさいましたか、橘様!?」

部屋の外で聞き耳を立てていたのか、遣り手が飛び込んできた。段取りをすっ飛ばして肌を露《あらわ》にしようとする環を見るや、血相を変えて羽交い締めにする。

「何をしてるんだい!?　こんな場所で、しかも初会で」

騒動を聞きつけた男衆や、他の部屋の遊女までが座敷を覗きにきた。物見高い視線や笑い声を浴びて、頭がますます煮立ってしまう。

（もう嫌！　嫌よ……！）

涙だけは意地でも零さなかったが、環は激しく頭《かぶり》を振った。簪の先に垂れた花飾りが揺れて、シャラシャラと悲鳴代わりの音を立てた。

悔しい。

恥ずかしい。

悲しい。

みじめだ。

こんな運命の皮肉があるだろうか。

突如としていなくなったあの日から、相馬のことは一日たりとも忘れられなかった。

それと同時に、忘れなければいけないのだと、何度も己に言い聞かせた。

相馬とは身分が違う。立場が違う。その上、きっと自分のことを恨んでいる。

二度と出会うわけもなく、本当の気持ちを告げるわけにもいかない相手だ。それに加えて、数多《あまた》の男に身を売るまでに落ちぶれれば、ようやく諦められると思っていたのに。

(どうして今になって現れるの。何故、初めての客がお前なの……!?)

こんな形での再会は、決して望んでいなかった。

一時の戯れに抱かれ、興が冷めれば打ち捨てられる、遊び女《め》の一人としてなんて。

それとも、これは遅まきながら下された罰なのか。

あの事故の件で、誰にも言えなかったことを——相馬さえ知らないはずの秘密を、いまだに懺悔《ざんげ》できずにいることの。

「その人を放してください」

もがく環を押さえこむ遣り手に、相馬が声をあげた。

誰かに呼ばれたのか、内所にいたはずの楼主までもが、ばたばたと駆けつけてくる。

「これはどうしたことですか、橘様。うちの若緑が、何か粗相を?」

「なんでもありません。若緑さんには、俺が誤解をさせてしまったのです」

「誤解?」

「俺は客になりにきたわけではありません。彼女をここから連れ出すためにきました」

「は……?」

楼主ばかりか、周囲の人間たちは揃ってぽかんとした。

もちろん環も例外ではない。

「彼女の借金は、すべて俺が返します。その上で、ご亭主には望むだけの額をお支払いします」

「それはその、若緑を身請けしたいということですかな？」

「はい」

「若緑を妻か妾にでもなさる気で？」

「いいえ」

相馬はそこで振り返った。

半端に形の崩れた前帯を垂らし、力なく座り込んでいる環に向けて。

「お迎えにあがるのが遅くなり、申し訳ありません。姫様には、しばらく俺の屋敷で過ごしていただきます」

「……どういうこと」

環は呆然と尋ねた。

遊客にはならず、囲うために落籍《らくせき》するのでもないという彼の真意が見えなくて、いっそ気味が悪い。

「御恩返しと罪滅ぼしです」

相馬は片膝をつき、一心に環を見つめた。

どれだけ邪険にされても主人を慕うことをやめない、愚直な犬の目に似ていた。

「姫様が、その身にふさわしい方を見つけて嫁がれるまで。僭越《せんえつ》ながら、後見人として俺にお世話をさせてください」

二　母の呪縛

幼かった頃、生家の庭は、環にとって広大な遊び場だった。

春には蝶を、夏には蝉《せみ》を捕まえるべく、着物の裾をからげて走り回った。秋には千代紙細工の箱に団栗《どんぐり》を拾い集め、雪の積もる冬には大きなかまくらを作った。

それらの場面のすべてに、五つ年上の相馬はいた。

二人きりではつまらないはずの影踏みも隠れんぼも、相馬とならば何故か退屈せず、日が暮れるまで続けることができるのだった。

中でも環のお気に入りの遊びは、お馬さんごっこだった。

『ほら相馬、遅いわ！　もっと速く、速く駆けて！』

地面に四肢《しし》をついた相馬の背に跨《また》がって、体を弾ませては歓声をあげる。そんな遊びに興じていたのは、せいぜい六つ、七つくらいまでだっただろうか。

女児といえどそれなりの重みがあるだろうに、相馬は嫌な顔ひとつしなかった。

着物が泥まみれになり、膝や掌がすりむけても、環を満足させるべく、どこまでも懸命に地面を這った。

『こうでしょうか、姫様』

『まだよ。遅いわ。あんまりのろのろした馬は、こうよ！』

ぱしん！　と高い音を立てて、環は相馬の尻を打つ。

普段はほとんど屋敷におらず、たまにふらりと帰る父親が、酒が入って機嫌のいいときに話してくれた。

たくさんの馬が一斉に速さを競う、競馬という競技があるのだと。騎手たちは馬のお尻をびしびしと叩いて、よりスピードを出させるのだと。

『駄目ねぇ、まだ遅い……これじゃ、勝負に負けてしまうわ』

負けるとたくさんのお金を損するのだと、父は嘆いていた。

つい先だっても大きな失敗をしたらしく、母の指輪を持ち出すところを見かけた環に、『秘密にしろよ』と怖い顔で言い聞かせた。あの見事な黒真珠の指輪は、おそらく質屋とやらに入れられてしまったのだろう。

きっと取り返す。次こそは大穴を当てるから――と息巻いて出かけていった父は、もうひと月近くも戻ってこない。

『やっぱり、大人の馬じゃなきゃ駄目なのかしら。次は久三《きゅうぞう》に遊んでもらうわ』

風呂焚《た》きの下男の名を出すと、相馬は焦ったように言った。

『待ってください。久三より、俺のほうが速く走りますから』

『本当に？』

『本当です。俺は姫様のためなら、なんでもします』

『どうして？』

『姫様が、とてもお美しいからです』

打てば響くようなこのやりとりが、環は大好きだった。同じ答えが返ってくると知っていて、わざと我儘を言うこともしょっちゅうだった。

実際、環は見目麗しい少女だった。

青い血管が透けるほどに白い肌。

水に濡れた那智黒石《なちぐろいし》のような瞳。

熟しかけた桜桃色の唇に、市松人形のようにさらさらとした絹糸の髪。

それでも、母の玲瓏《れいろう》な美貌には敵《かな》わないことを、環は幼いながらに自覚していた。

(母様は綺麗……ちょっと怖いけど、どこの家の奥様より、うちの母様がいっとう綺麗)

その彼女は、一人娘を懐に抱いて甘えさせてくれるような母親ではなかった。

婿養子の父は当主といっても名ばかりで、小早川家の真の主《あるじ》は、華族の誇りを体現したように厳格で気品に満ちた佳寿子だった。

母から、環は常に叱られてばかりいた。

お稽古ごとは根気が続かないし、立ち居振る舞いはがちゃがちゃとして煩《わずら》わしい。

不真面目なところもがさつなところも、きっと父親の血を引いたのだろう。

どうせ不出来なのが同じなら、男の子として生まれてくれればよかったのに――と。

(私が女の子だったから、母様は私を嫌いなのかしら……)

母に甘えられない寂しさを埋めてくれたのが、物心ついたときからの遊び相手である相馬だった。

思えば彼もまた、両親の愛情に恵まれない少年だった。父親とは会ったこともなく、母親は浅慮な過《あやま》ちの結果に生まれた息子を疎んじ、『お前なんか産まなきゃよかった』と泣いたり罵ったりしたそうだ。

そんな二人が、互いの傷を塞ぎ合うように寄り添ったのは、必然なのかもしれない。

環は相馬とともに、迷い込んだ猫の子を追いかけ、池の鯉や亀に餌をやっては、ぱくぱくと口を開く様が面白いと笑い転げた。

相馬に止められつつも、厨《くりや》に忍び込んでくすねたぼた餅《もち》を分けあったり、土蔵の鍵を盗み出して宝探しごっこをしたりと、大人に言えない悪戯《いたずら》も楽しんだ。

そんなふうにして遊んでいると、やがて女中が環を探しにやってくる。

『お嬢様！　環お嬢様、どちらにいらっしゃいますか？　踊りのお稽古の時間ですよ！』

『……行かなくちゃ』

お馬さんごっこを中断し、環は相馬の背中からしぶしぶ降りた。

相馬が膝を払って立ち上がり、不満げな環を宥める。

『そんなお顔をなさらないで、お稽古に励んできてください。姫様の踊りはとても綺麗で、俺は好きです』

『じゃあ、今日も見ていてくれる？』

『はい。あの桜の木の上から、ずっと見ていてくれる？』

稽古場にしている板の間は裏庭に面していて、そこには桜の古木があった。てっぺんまで登れば通いの師匠に気づかれず、踊る環をこっそり眺めることができる。

相馬が好きだと言ってくれるから、環は稽古を頑張れた。

お世辞かと思えば彼は意外に率直で、琴や書の腕前を尋ねると口を濁してしまうから、踊りだけは見込みがあるのだと逆に信じることができた。

あれは相馬が十五で、環が十歳のときだったか。住み込みで働いていた相馬の母が、流感に倒れてこの世を去った。

彼と母親の仲は最後まで良好ではなかったが、これで本当の天涯孤独になった相馬は、しばらく打ち沈んでいた。

笑顔が消えて、庭掃除や薪《まき》割りの仕事があるからと、環の誘いにも乗ってこない。使用人たちにそれとなく尋ねると、食事もあまりとっていないらしい。

環は相馬を慰めたかった。

元のように元気になってほしかったし、また一緒に遊びたかった。

だからある日、ぼうっとしている相馬を物陰に引き込んで言ったのだ。

『お母様がいなくなって寂しいのね？　だけど私がいるじゃない。大きくなって、お前が偉くなったら、お嫁さんになってあげてもいいわ』

幼さゆえに何も理解していないふりを装い、どきどきしながら告げた恋心。

精一杯の勇気を振り絞った告白に、灰褐色の瞳を見開いて、相馬はしばし絶句していた。

やがてふっと淡く笑って、

『……そのようなことを、よそで口になさってはいけません』

と言った。それで環は、これは二人だけの秘密の約束なのだとときめいた。

今になって思えば、あれは喜びの表れではなく、愚にもつかないことを言い出した環に苦笑いしたのだろう。

相馬は初めから、自分の立場を心得ていた。

他の使用人は環を「お嬢様」と呼んだが、彼だけは「姫様」と崇めるように囁き、決して触れられない月や星を眺めるように環を見た。

それは、時が経ってもなんら変わることはなく。

仲之町の桜が散るより前に、環は銀華楼から落籍《らくせき》されて、清い身のまま大門を後にすることなったのだった。

❀　❀　❀

浅草《あさくさ》にほど近い吉原から、相馬の自家用車に乗せられて向かったのは、四ツ谷《よつや》にあるという彼の屋敷だった。

とある流行作家の邸宅で、執筆の拠点を地方に移すため売りに出されていたのを、つい最近買い上げたのだという。

「周囲が静かで、過ごしやすい場所を選んだつもりなのですが……新築ではなくて申し訳ありません」

自らハンドルを握った相馬は、ミラーに映る環に向けてそう詫びた。まるで環にあてがうのが、汚れた古着ででもあるような恐縮ぶりだ。

車は走行を続け、やがて目にした光景に環は圧倒された。

木立に囲まれてうねる砂利道の先に、二階建ての洋館が佇《たたず》んでいる。

外観は灰色の小松石を煉瓦状に積んだ重厚なもので、白く塗られた窓枠がアクセントになっていた。二階にはバルコニーがあり、三角屋根の上には煙突がそびえている。

エンジン音を聞きつけたのか、玄関から現れたのは黒い背広姿の老人だった。品の良い好々爺《こうこうや》といった態《てい》で、後部座席のドアを恭《うやうや》しく開けてくれる。

「お初にお目にかかります。こちらのお屋敷の管理を任されております、執事の新田《にった》と申します」

「環です。……よろしくお願いします」

それだけ言って、環は小さく会釈した。

小早川の名を出すのが、いいことなのかどうかわからなかった。おおまかな事情は相馬が説明しているのだろうが、万一にも愛人だと誤解されていたらと思うと、なんとも居心地が悪い。

車庫に車を停めて、相馬が戻ってきた。

「まずは中を案内します。どこでもお気に召した部屋を使ってください」

新田は茶の用意をすると言って、一旦引っ込んでしまった。靴のまま家にあがる違和感を覚えつつ、環は相馬のあとに続く。

陶製のタイルが幾何学模様を描く、吹き抜けの玄関ホール。廊下にはくすんだ臙脂《えんじ》の絨毯《じゅうたん》が敷き詰められ、ところどころに抽象画が飾られている。

黒大理石の暖炉を備えた居間に、長椅子とテーブルセットの置かれた応接室。十人ほどの会食ができそうな広さの食堂に、ガス調理も可能な最新式の厨房。本だらけの書斎は、前の住人が大量の蔵書をそのまま残していったらしい。

敷地の南に面した側には、ガラス張りのサンルームもあった。手洗いと風呂場は西洋式で、これは使い慣れるまでにしばらくの時を要しそうだ。

玄関ホールからまっすぐ伸びた階段を上ると、大小の洋室が並んでいた。ほとんどが客間で、階段から一番近い二間の続き部屋が相馬の居室だ。

ちらりと覗くと、重たそうな書き物机に、壁一面を埋めた書棚が見えた。家で仕事をする際はここを使い、奥には寝室があるというが、さすがにそこまで踏み込む気はない。

屋敷を巡りながら、環は呆れとも困惑ともつかない心地を覚えた。

(私を仮住まいさせるためだけに、これだけの広さの家を……?)

相馬が抱えてくれているのは、環の身の回りの品をまとめた風呂敷包みだ。

普段着の着物が数枚に、わずかばかりの思い出の品。今の環のすべては、そんな小さな荷物ひとつで終わりになってしまう。

比べると気が引けるが、卑屈になる必要はないのだと、環は己に言い聞かせた。

(私がここにいるのは、相馬がそう望んだからよ)

かつて雇ってもらっていたことへの恩返しと、後遺症の残る怪我を負わせた罪滅ぼし。それで彼の気が晴れるなら、一時的に世話になっても罰《ばち》は当たるまい。

再び一階に下りて手洗いの角を折れると、細い渡り廊下が続いていた。

「この先が離れになります。元の家主が執筆部屋にしていた和室があります」

「そうなの？　見せて」

流行作家の仕事部屋というのに、単純に興味があった。

草履を脱いで渡り廊下を抜けると、床の間つきの十畳と、四畳半の和室が並び合っていた。今はなんの家具も置かれていないが、広いほうの部屋で原稿を書き、狭いほうを編集者の待ち部屋にしていたらしい。

畳は新しいものに張り替えられており、縁側からは手入れの行き届いた庭が見渡せた。日当たりは悪くなさそうだし、押し入れにも充分なゆとりがある。

「ここにするわ」

当面過ごす部屋を決めた環に、相馬が戸惑った顔をした。

「食事や入浴のたびに母屋《おもや》に行くのは、面倒ではありませんか？」

「いいの。洋間はなんだか落ち着かないから」

ついでに洋装も洋食も、環にとっては馴染みが薄い。

慣れない西洋式の暮らしに臆した故の発言だったが、相馬は「申し訳ありません」とまた謝った。よりにもよって洋館を選んでしまった失態を悔いるように顔を伏せる。

その姿に、曰く言い難い感情が募った。

「相馬の家なんだから、私に気兼ねすることはないでしょう」

この屋敷を買ったのは彼であり、主従関係ももはや昔のことなのに、どうしてこうもいちいち環の顔色を窺うのか。

「なら、女中は隣の部屋で寝起きさせることにしますか」

「いらないわ。大体のことは自分でできるから」

よく知らない人間と接するのは苦手だし、没落した華族令嬢だと興味本位で見られたくもない。

実家が困窮し始めた頃から、使用人には順番に暇を出し、ついには環付きの女中もいなくなった。それまで他人任せだった着替えや髪結いも、不器用なりに一人でこなすしかなかったのだ。

「ですが、それではいろいろとご不便が――」

「構わないで。私のことはなるべく放っておいて」

思った以上にきつい声になり、環ははっと口を閉ざした。

昔の癖が抜けないせいか、つい上からものを言ってしまう。今の自分は自活するための術《すべ》もなく、相馬に頼るしかない身の上なのに。

「わかりました」

幸いにも、相馬が気分を害した様子はなかった。

「お疲れでしょうから、しばらくこちらでお寛《くつろ》ぎください。お茶の用意が調《ととの》いましたら、新田に運ばせます。ご入り用のものがあれば、そのときに言《こと》づけてください」

浅く一礼して、相馬は部屋を出ていった。

環はその場に座り込み、溜め息をついた。

(……言えなかった)

卑屈になる必要はなくとも、通すべき義理はきちんと通す。

本当なら、しばらく世話になることや、身請けの件についても感謝し、改めて頭を下げるつもりだった。

話の流れによっては、長年抱えていた秘密をも打ち明け、謝ることができればと思っていたのに――機会を逃してしまった。

(吉原から出してもらえたのは、ありがたいのよ……でも)

もやもやするのは、あの座敷で相馬が言ったことが引っかかっているからだ。

『姫様が、その身にふさわしい方を見つけて嫁がれるまで。僭越ながら、後見人として俺にお世話をさせてください』

楼主の質問に対して、環を妻や妾にする気はないと相馬は言った。

それはつまり、彼自身が環の隣に並ぶつもりはないということ。

一連の行動の理由は、度を越した忠義心でしかなく、自分は女として見られていないということだ。

（なんなのよ……）

こめかみにかかった髪を掻きやり、唇を噛む。

昔はあれだけ、『姫様はお美しい』だの『綺麗です』だのと言っておいて。

あれはしょせん、その場限りの追従《ついしょう》に過ぎなかったのか。真に受けて、舞い上がって、彼に見せるために踊りの稽古を頑張っていた自分はなんだったのか。

ふと視線を転じれば、相馬の運んでくれた風呂敷包みが置かれていた。

環はそれを引き寄せ、結び目を解いた。

古びた着物の上に重ねてあるのは、赤い布張りの表紙の日記帳だ。もともとはまめにつけていたけれど、このところは思い返すのも嫌なことばかりで、白紙が続いていた。

手に取って開けば、ちょうど中央ほどの頁《ページ》に、押し花を貼った栞《しおり》が挟まっている。

――色も香りも褪せた、紫の西洋スミレ。

環が骨折した翌日、雨戸を開けた女中が、「あら、何かしら？」と沓脱石《くつぬぎいし》の上から拾いあげたものだった。

手紙も何も添えられていない。けれど、相馬が残したものだとすぐにわかった。

萎《しお》れかけた花を胸に抱いて、環は目が溶けるかと思うほど泣いた。

相馬にはもう二度と会えない。

この初恋は決して実らない。

悲しくて、身を切られるほどにつらくて、自分の犯した罪を後悔して――けれど、あのまま終わっていたほうが、綺麗な思い出にできた分ましだったかもしれない。

今になって再会したところで、想いが報われない現実を突きつけられるだけだ。

(この花をくれたことだって、きっと大した意味はなかったのよ……)

そんなものを、後生大事にしていた自分が馬鹿みたいだ。

栞を取り上げ、握り潰そうとして、環は長い時間動けずにいた。

掌に力を込めることができないまま、やがて重い溜め息とともに、肘から先をぱたりと落とした。

❀　❀　❀

相馬の屋敷で暮らすようになって、ひと月が経った。

初めのうちは、とにかく吉原から出られたことにほっとしていた。遊女たちの厭味や、耳を塞いでも聞こえる色事の気配から解放されただけで、ずいぶん心が楽になった。

しかし、環は次第に何もすることのない日々に飽いた。

贅沢なことだとわかっているが、働く必要もなく、衣食住が保障される生活は、どうしても人を堕落させる。学校も習い事もなくなって、雑誌や新聞に目を通して暇を潰すにも限度がある。

当然のことながら、相馬は昼のうちは仕事に行っていた。日本橋《にほんばし》にある彼の会社は、華族や豪商を主な顧客とし、舶来ものの家具と雑貨を取り扱っているらしかった。

相馬が仕事から帰ってくるのを、いつしか環は待つともなく待つようになっていた。

自分から女中を遠ざけてしまったので、ろくな話し相手もいない。『姫様さえよければ、夕食を一緒に』という誘いを受け入れると、相馬は尻尾を振らんばかりに嬉しそうな顔をした。

母屋の食堂には、最初のうちは環の好みを考慮してか、手の込んだ和食が並んでいた。

だが、以前は横浜のホテルに勤めていたという料理人は、トマトソースのかかったクロケットや、牛骨から出汁《フォン》を取ったハヤシライスなど、次第に洋食も出すようになった。

恐る恐る食べてみると驚くほどに美味しくて、環は己の食わず嫌いを自覚した。思えば、洋食や洋服に縁がなかったのは、母の佳寿子がそれらを毛嫌いしていたからだ。

相馬も二年間の海外暮らしで、すっかり向こうの味に馴染んだらしい。

環は彼の手元を盗み見しながら、ぎこちなくナイフやフォークを使った。どれだけ慎重に真似しても、相馬ほど洗練された仕種にならないのは悔しかったけれど。

また相馬は、土産だと言って毎日様々なものを持ち帰ってきた。

ビーズ飾りの揺れるスタンド式の小さな洋燈《ランプ》。

クローバーの彫り込みが入った愛らしい文箱。

赤と黒のらんちゅうが一匹ずつ泳ぐ金魚鉢。

兎と猫が描かれた缶に入った、バターの風味豊かなサブレー。

環の部屋はたちまち、相馬からもらった品でいっぱいになった。呉服屋が呼ばれて何枚もの着物を仕立てられ、細々した小物や化粧品も使いきれないほど買い揃えられた。

乙女らしい雑貨を手にするのも、新しい着物に袖を通すのも、環にとってはずいぶん久しぶりのことだった。若い娘らしく自然と気持ちが浮き立つ反面、これだけのことをしてもらいながら、何も返せない身が厭わしくなる。

しかし、相馬のほうは少しも恩に着せている様子はなく、環のために与えられるものがあるだけで満足のようだった。

そうして、今日。

夕食を終えて離れに戻ろうとする環を、相馬は遠慮がちに呼び止めた。

「姫様。このあと、応接室のほうにいらしていただいても構いませんか」

「どうして？」

「おみ足がつらそうですので。女中に、痛みが和《やわ》らぐマッサージというものを試させていただきたいのです」

　環の頬はわずかに強張った。

　梅雨入りにはまだ早いが、今日は朝から小雨が降り続いていた。気圧の関係なのか、こういう日は右足首がしくしくと痛む。

　さりげなく庇いつつ歩いていたのを、相馬には気づかれてしまったのだ。

「平気よ。いつものことだから」

「一度だけでもいいのです。お願いします」

　環が拒絶すればすぐに諦める相馬が、このときばかりはしつこかった。自分が事故を防げなかったという負い目を、それだけ引きずっているのかもしれない。

　この家の女中はキヌといって、環の母と同じくらいの年齢だった。使用人は他に執事の新田、料理人の石黒《いしぐろ》の三人きりで、その全員が通いだ。

　キヌとは直接の関わりはないが、顔を合わせれば朗らかに挨拶してくれたし、掃除や洗濯も手際よくこなしているようだった。

　だが、いかにも優しげで情の深そうなところが、環は逆に苦手だった。

　実家が没落し、悪所と名高い吉原に売られた娘。

　その上、過去の事故で怪我を負い、疵物になった娘。

　そんな環を、キヌはやたらと同情的な目で見ている気がする。何かの拍子に、「これまで大変でしたでしょう」と涙ぐみながら背中をさすられ、閉口したこともある。

悪い人間ではないのだろうが、彼女に足を触らせる気には到底なれない。

しかし、相馬があくまで引き下がらないとすれば――。

「なら、お前がしてくれる？」

「……俺が？」

相馬はうろたえたように瞠目した。

「ええ。責任を感じるというのなら、相馬が自分でするのが筋よ」

嫁入り前の娘の足を直《じか》に触るなど、生真面目な相馬が承諾するわけがない。うまく断ることができたと、環は内心で息をついた。

が。

「わかりました。すぐに準備をしますので、応接室の長椅子に座ってお待ちください」

（えっ……）

今度は環のほうが狼狽した。まさか頷かれるとは思っていなかったのだ。

ひとまず廊下に出て、環は迷った。

このまま自室に戻ってしまおうか。けれど、相馬があちらにまでやってきたら、離れで彼と二人きりだ。

母屋になら、まだ食後の片付けをするキヌが残っている。けれど、もしも何かが起こった場合、離れからだと声が届かない。

（……何が起こるっていうの？　相馬が私に変なことをするなんて、ありえない）

環は思い直し、自意識過剰な己に呆れた。

彼に女性として見られていないことは、思い知ったばかりなのに。足に触れられようが、なんなら着替えを見られようが、間違いなど起こりようがない。

応接室に向かった環は、電灯のスイッチを入れると、青い天鵞絨《ビロード》が張られた長椅子に腰を下ろした。そわそわして待つことしばし、金盥《かなだらい》を抱えた相馬がやってきた。

部屋の扉は完全には閉められず、環はひそかにほっとした。密室で二人きりにならない程度のマナーは、彼も心得ているらしい。

環の足元に金盥が置かれた。中に入っているのはお湯のようだ。

絨毯の上に跪《ひざまず》いた相馬が腕まくりし、シャツの胸ポケットから緑色の小瓶を取り出す。蓋を開けて中身を数滴垂らすと、湯気に乗ってふわりと馴染みのない芳香が広がった。

「それは何？」

「ラベンダーの精油です。気持ちをリラックスさせる香りで、安眠にも効果があると言われています」

「りらっく……？」

「緊張の反対で、ゆったりとした気分になることです」

女学校では英吉利《イギリス》語の授業もあったから、そんな単語も習っていたかもしれない。

家の事情で勉強に身が入らなかったとはいえ、自分の無知をさらけ出したようで、どうにも気まずくなった。

「そうだったわね。わかってたわよ。たまたま忘れてただけで」

「……そうですか」

「本当よ。ちょっと、お前、笑ってない？」

「いいえ」

相馬は否定するが、その口元が緩んでいる。知ったかぶりがばれている。

「マッサージでもなんでもいいから、早くして。私だって忙しいんですからね」

無聊《ぶりょう》をかこつばかりの毎日なのに、環は見栄を張った。二度と恥ずかしい思いをしないでいいように、明日は書斎から英語の本と辞書を借りて、こっそり復習しておこうと思う。

「失礼します」

相馬が環の草履を脱がせ、足袋《たび》にも手をかけた。

留め具の小鉤《こはぜ》を外され、果物の皮を剝くように脱がされる。桜貝色の爪が並ぶ足が、無防備な白さを見せて露《あらわ》になる。

まだ風呂にも入っていない素足を、相馬は両手で押し戴くように包んだ。

「お小さいですね――俺の手にすっかり収まってしまう」

どこか陶然とした口調に、環の鼓動が跳ねた。

爪先から脹脛《ふくらはぎ》にかけて、無数の蟻《あり》に這われたような感覚が伝わる。くすぐったさに似ているけれど、相馬はまだ手を動かしてもいなかった。

盥の湯に足を浸けられると、ちょうどよい温かさだった。

「熱くはないですか？」

「……ええ」

「末端から順番に揉《も》み解して、血行を促すマッサージです。痛みがあれば、すぐにおっしゃってください」

湯の中で足指を一本ずつ開かされ、その付け根を相馬の親指が押していく。踵《かかと》が直角になるよう押し上げられ、足裏のツボを探すように刺激される。丁寧なマッサージに痛みはなかったが、リラックスとやらにはほど遠い。

「っ……」

踝《くるぶし》の骨を指がかすめた瞬間、むず痒《がゆ》いような感覚がいっそう強くなり、環は長椅子の肘掛けをぎゅっと摑んだ。

こんなことを、相馬はどこで覚えたのだろう。

やたらと手慣れているけれど、どこかで練習でもしたのだろうか。

たとえば、洋行中に出会った女性相手にだとか——環の足が小さいと言ったのは、その誰かと比べているのでは。

（何かしら……胸のほうまでむずむずする）

考える必要などないことなのに、相馬の女性関係に思いが及んだ。

今のところ、特定の婚約者や恋人がいるとは聞いていないが、隠されているだけかもしれない。外で誰と会っていても環にはわからないのだし、ときどき帰りが遅い夜もある。

職業柄だと思っていたが、環に贈られるのは、若い女性が喜びそうな品ばかりだった。仮にも会社を経営している以上、言い寄ってくる女性もそれなりにいるだろう。品行方正な顔をしていながら、意外と女慣れしている可能性もある。

（大きな手……この手で、誰かに……）

妙な想像が広がり、環は頭《かぶり》を振った。小さな動きのつもりだったが、相馬には伝わってしまったらしく、不思議そうに見上げられる。

「どうかなさいましたか？」

「……なんでもないわ」

「痛いわけではないのですよね」

「ええ」

「では、気持ちがいい？」

「気持ち……――」

いい、と答えかけたところで、頬がぽっと熱を持った。

意識しすぎかもしれないが、異性に足を触られてそんなことを口にするのは、あまりにはしたない気がした。

「も……もういいから」

「まだです」

引っ込めようとした足を、思いがけず強い力で留められた。

踵を掌で包まれ、すりっ――と丸く撫でられる。

「あと少し――もう少しだけ」

「……やめ、てっ！」

内腿にぞくっとした感覚が走り、環はとっさに膝を跳ね上げていた。

爪先が湯の飛沫《しぶき》を散らし、足の甲が何かにぶつかる。

相馬が低く呻いて顎を押さえた。その仕種で、自分が蹴ってしまったのだとわかった。

「大丈夫です」

さすがに謝ろうとしたところ、顔を伏せた相馬に先んじて言われた。

「やはり痛かったのですね。――無理をさせて申し訳ありません」

「そう……そうよ」

抵抗したのは、怪我の痕が痛かったからだ。

そういうことにしておかねばならなかった。

言えるわけがない。

相馬に足を撫でられるのが、怖かっただなんて。

怖いくらいに甘い漣《さざなみ》が伝わって、お腹の奥がぐずりと溶けるような、おかしな心地になってしまったからだなんて——。

「……もう離れに戻るわ。おやすみ」

右足は裸足のまま草履をつっかけ、環はそそくさと応接室をあとにした。

振り返ることはしなかったから、気づかなかった。

その場に落とした足袋を相馬が拾い、唇に跳ねた湯の雫をちろりと舐めて、恍惚とした笑みを浮かべたことを。

❀　❀　❀

鞘《さや》のない抜き身の短刀が二本、畳の上に並べられている。

その光景を目にした瞬間、環はここが夢の世界であることを悟った。

（ああ……またなの……）

また自分は、あの光景を目の当たりにしなくてはならないのかと絶望する。一体、これまでに何度同じ夢を見たことか。

わかっていても、環は動けない。

目も耳も塞ぐことができず、雨戸を閉め切った奥座敷で、母と向かい合って座っている。

春も近いというのに、ひどく底冷えのする日だった。

使用人をすべて解雇した屋敷はしんと静かで、不穏な空気に身じろぎすれば、衣擦れの音がいやに耳についた。

『小早川の家はもはやこれまでです』

そう言ったときも、母は常と変わらぬ静かな口調をしていた。

『あの男は深川《ふかがわ》の芸者と逃げて、私たちのところには二度と戻りません。最後にこの家を抵当にして、怪しげな金融業者からたくさんのお金を借りたそうです』

——あの男。

母が父をそう呼び始めたのはいつからだったかと、環は場違いなことを考える。

婿養子としてこの家に入った父は、もとは豪商の次男だったが、結婚当初からよそに複数の愛人を囲った。華族の体面を何より重視し、笑顔も見せない権高《けんだか》な妻を煙たがっているのは、幼い環から見てもよくわかった。

夫から蔑《ないがし》ろにされても、母は嘆きも騒ぎもしなかった。

少しでもそんな気配を見せれば、もしかすると二人の仲はかえって修復されたのかもしれない。悋気《りんき》を起こすくらいには執着してほしいと、父もどこかで思っていたかもしれない。

けれど母は泰然《たいぜん》として、冷ややかに父を見切った。

跡継ぎになる男児は産めなかったが、彼女自身、今は亡き祖父母の間の一人娘だった。環という女児しか生まれなかった以上、その子を立派に育てあげ、今度こそ間違いのない婿を取って、古《いにしえ》から続く小早川の名を守っていくこと。それが母の願いであり、唯一の生きがいだったのだ。

けれど、その願いはもはや絶たれた。

当主が失踪したとなれば、子爵の位は早々に返上しなければならないだろう。

大衆紙が面白おかしく取り上げたせいで、父の放蕩も家の窮状も世間に知られた。母がこだわり続けた体面に、なかったことにはできない疵がついてしまったのだ。

『もうすぐ借金取りがやってきます。お金を返せないとなれば、この家も土地も奪われ、私たちは口にもできない仕事をさせられるでしょう』

『それは、どんな……』

『考える必要はないことです』

ぴしゃりと母は言い切った。

そうして二振りある短刀の片方を、おもむろに手に取った。

『落ちぶれた姿を晒すことを、ご先祖様も望みはしないでしょう。環。母様と一緒に、あなたも逝《い》ってくれますね』

『っ……母様！』

　刃を首筋に押し当てようとする母に、環は横から飛びついた。細い手首を摑んで、力の限り必死に押し留めた。

『やめてください！　そんなことをしなくても、何か手段が……私が働いて、母様と一緒に暮らせるようにしますから……だから！』

『あなたに何ができるというの』

　乾いた唇を歪め、母は笑った。

『お茶もお華も琴も書も、何ひとつ真面目に学ばなかった子が。踊りだけはそれなりだったのに、あんなことで足を駄目にしてしまって』

　細かな皺《しわ》の寄った眦《まなじり》で、幻のように何かが光った。

　初めて見る母の涙だった。

『馬鹿な子ね。我儘で、不出来で……それでも、環だけが私の娘よ。母様には、環しかいないのよ』

『……母様』

『一緒にいて、環……たまき……怖くないのよ、母様とずっと一緒ですからね……』

　もうひと振りの短刀を逆の手で摑むと、母は環の喉目掛けて突き出した。

『きゃあっ!?』

かろうじて避けた環は、畳の上を這いずって逃げた。闇雲に刃物を振り回す母の目は、ぎらぎらと得体の知れない光を湛えていた。

障子《しょうじ》にまで追い詰められた環は、頭を抱え、恐怖に泣き叫んだ。

『やめて、やめて……嫌よ、私は死にたくないっ……！』

『──あなたも私を一人にするの？』

命乞いする娘を見下ろし、母は小首を傾げた。

凛とした彼女にそぐわない、童女のような仕種だった。

『あの男だけじゃなく、環も……誰も、私のそばにいてくれない……そうなのね……』

母の瞳から光が消えた。

次の瞬間、環は全身に生温かい雨を浴びていた。

顔も髪もびしょ濡れで、とっさに目元を拭《ぬぐ》った手は、紅花《べにばな》の搾り汁に浸けたように真っ赤だった。

『ぁ……ま、きぃ……』

短刀の刺さった喉からごぽごぽと、泡立つ血が溢れていた。

己の首を貫いた母が、どうっと倒れ込んでくる。その下敷きになり、環は半狂乱になって叫んだ。

『いやぁあああっ――――！』

魂の抜けた重い体を、無我夢中で押しやろうとする。それが自分の母であったことも忘れ、滅茶苦茶に足で蹴り、傍らにごろりと転がした。

畳だけでなく、天井も壁も噴き上がった母の血で濡れている。

息ができない。

腰も立たない。

鼻腔にまで流れ込んだ血が、金気《かなけ》混じりの臭気を放ち、環はその場で嘔吐《おうと》した。

『うぇ――……えええっ……！』

何度もえずくうちに、溢れる涙で視界が洗われ、役に立たない両脚の代わりに、腕の力だけで環は這った。

逃げなければ。

こんなところからは一刻も早く。

戦慄《わなな》く手で障子を開け、廊下に出る。そこからは四つん這いになり、玄関に辿り着く頃には、壁にすがってようやく立つことができた。

と、格子戸が外からがらりと引き開けられる。

そのときまで聞こえなかったが、どうやら扉はずっと叩かれていたらしかった。

『邪魔するぞ』

『なんだ、娘がいるじゃないか……──うぉっ!?』

どこか堅気ではない雰囲気の男が二人、同時に息を呑んで仰け反った。

上がり框《かまち》にぼうっと佇む、血まみれの環を前にして。

『い、生きてるのか？　お前、生きてるな？』

『こりゃあ、本人の血じゃない……多分、こいつの母親の』

廊下を覗き込んだ男が、奥座敷からここまで続く血の跡を見て、言葉を切った。

環には違いがわからなかったが、男の一人は借金取りで、もう一人は周旋屋《しゅうせんや》だった。父の借金をかぶり、首の回らない母娘を苦界に沈めるために呼ばれた、いわば女衒《ぜげん》だ。

しかし、このときばかりは相手が誰だろうと構わなかった。

母の狂気に巻き込まれ、自分までおかしくなってしまいそうなところに、生きた人間に出会ったことで、緊張の糸がぷつんと切れた。

『……たすけて』

環はがたがたと震え、男たちにすがりついた。

『私を、逃がして……どこでもいいから……！』

逃げなければ。

逃げなければ。

早くしないと追いつかれる。

母を見殺しにしてでも生きようとした罪深い自分を、佳寿子の亡霊が追ってくる。

――ぁ……ま、きぃ……。

肩に指が食い込み、耳元でごぽごぽと空気の混ざる声がした。

振り返りたくはないのに、見えない糸で引っ張られるように眼球が動いた。

短刀の刺さった場所から皮膚が千切れ、首が九十度に折れた佳寿子が、真っ暗な眼窩《がんか》で環を覗き込んだ。

――あなたもわたしをひとりにするの？

『いっ……――』

喉の奥で凍りかけた絶叫が、一拍置いて弾ける。

❀　❀　❀

「いやぁあああっ、来ないでぇぇぇぇっ――……！」

己の悲鳴で環は目を覚ました。

あたりは暗くて、まだ夜中だということしかわからない。

布団の下の体が、ぐっしょりと濡れていた。母の血を浴びたときの感触を思い出し、これも夢の続きなのではと、さらなる恐慌をきたした。

「誰かっ……誰かぁ……！」

布団を跳ね飛ばし、廊下に続く障子を開ける。その動きも悪夢の中のそれに酷似していて、「あぁ……あぁぁ……」と声をあげながらよろめいて。


「——姫様！」


誰かの胸に抱きとめられ、はっと顔を上げた。

「……相馬？」

「大丈夫ですか？　ちょうど手洗いに立ったら、離れのほうから悲鳴が聞こえて」

廊下に灯った小さな明かりが、心配そうな相馬の顔を照らしていた。昼間は洋装でいることが多い彼だが、今は簡素な浴衣姿だ。

風呂あがりの石鹸と湯の匂いに混ざって、木の芽に似た香りが鼻先をくすぐる。

それを吸い込みたくて、思わず彼の胸に顔を埋《うず》めた。

（血の匂い——じゃない……）

自分の全身をしとどに濡らしているのは、やたらと粘《ねば》つく恐怖の汗だ。

母はいない。

ここにはいない。もういない。

あの遺体をそのままにして、環は逃げたのだから。

荼毘《だび》や葬儀も近所の人任せになって、二度とあの家に帰ることはなかった。

母の亡霊に追いつかれたというのは恐怖の見せた悪夢だが、どこでもいいから逃がしてくれと男たちにすがったところまでは本当だ。

その姿のままでは出られないと言われ、なんとか身なりを整えたあとは、最低限の荷物をまとめて男たちについていった。

途中で車に乗せられたものの、まだ心が麻痺していて、いつの間にやら吉原の銀華楼にいたのだ。

周旋屋と楼主の話を聞くともなしに聞くうちに、遊女として売られようとしていることにようやく気づき、食ってかかったがあとの祭りだった。

「もしかして、虫でも出ましたか？」

相馬がまったく見当違いなことを言った。

「姫様は脚のたくさんある虫と、まったくない虫が苦手でいらっしゃいましたよね。蜘蛛《くも》やムカデだったり、ミミズやナメクジだったり……」

「やめて」

耳にするだけでも怖気《おぞけ》の立つ単語を並べられ、環は顔をしかめた。

それでもさっきまでの悪夢と比べれば、ずいぶん卑近でましな恐怖だ。

「虫なんかいないわよ。そうじゃなくて——嫌な夢を見たの」

「どんな夢ですか？」

相馬の手が、促すように背中に添えられる。

その温かさについ気が緩み、環は口を開いた。

「母様の……」

たびたび言葉を詰まらせつつ、環はあの日の記憶を語った。

実際に起きた出来事だけでなく、そのあとの苦悩や自責の念も。

「遊女になるしかないってわかったとき、いっそ死のうかとも思った……だけど、母様を見捨てた私がいまさら……ここで死ぬくらいなら、どうして一緒に逝ってあげなかったのかって……」

ひとしきり喋ってから、ふと我に返って言葉を止める。

ここまでのことを喋るつもりではなかったのに。相馬に対し、やすやすと弱みを晒してしまったようで、ひそかに後悔した。

「申し訳ありませんでした」

どうしてか相馬が謝った。

「俺がもう少し早く日本に帰っていれば、奥様もそんなことをなさらずにすんだのかもしれません」

悔恨ゆえなのか、相馬の声は平坦で、どこか棒読みにも聞こえた。

環はなんとも言えない気持ちになった。

相馬が、もっと早く助けにきてくれていたら――具体的には、父が作った借金を肩代わりしてくれていれば、確かに母はまだ生きていたのかもしれない。

だが、実際のところはどうだろう。

矜持の塊のような母のことだ。下男風情《ふぜい》と見下していた相馬に、頭を下げて援助してもらうことなどしたかどうか。

そして母の教えは、環の中に今も刻み込まれている。

『あれは女中の子で、しかも男です。今後は、あのように下賤な者と親しくしてはいけません』

かつての言葉が蘇った途端、環は今の状況に気づいてぎくりとした。

相馬に抱きしめられ、自分から彼の胸に顔を押しつけている。

互いの肌を隔てるものは、寝間着代わりの薄い浴衣だけだった。環のそれは汗をかいたせいで、体の線を露骨に浮かびあがらせていて。

「……姫様」

熱を帯びた囁きが、耳元の空気を揺らした。

「奥様のことは残念ですが……俺は、あなただけでも生きていてくださったことに感謝します」

背中に回された腕に力がこもり、互いの体にあった隙間が消えた。

彼が意外とたくましい体格をしているのに気づいて、環は動揺した。長身なのは知っていたが、胸板や背中に、見た目以上の厚みがある。

「これからは、俺が姫様をお守りします。決して不自由などさせません。あなたとまた同じ屋根の下に暮らせるだけで、俺には夢のようで」

相馬がどんどん早口になる中、環は違和感を覚えた。

密着した体の下のほう。

環の臍のあたりに、何やらごつりとしたものが当たっている。

(何……？)

相馬が浴衣の帯前に、棒状のものを挟んでいるのかと思った。まともに考えればありえないが、たとえばすりこぎだとか。

なんの気なしに手を伸ばし、指先がそれをかすめた瞬間、相馬は弾かれたように身を離した。

「っ……申し訳ありません！」

問題の箇所を隠すように前かがみになり、上目遣いで許しを乞う。

「姫様の肌があまりに柔らかくて、芳《かぐわ》しくて……すみません、体が勝手に」

耳まで赤く染まる顔。

舌を嚙まんばかりに悔いて恥じ入る様子。

銀華楼で嫌というほど読み込まされた指南本を思い出し、遅れて理解が及んだ途端、環の頰にもさっと朱が散った。

指先に今も残る熱さと硬さ——相馬は環を抱きしめて、雄の欲望を兆《きざ》していた。

さらに数瞬の間を置き、環は叫んだ。

「汚らわしい！　人の弱みにつけこんで、お前は……っ！」

「お許しください！」

相馬は、廊下に頭を擦りつけて平伏した。

「出過ぎた真似をいたしました。こんなことは、もう二度と……二度と、俺から姫様には触れません。お約束します。お許しください」

環は答えず、部屋に戻って乱暴に障子を閉めた。

相馬はまだ謝り続けていたが、いつまでもここにいると余計に怒らせると思ったのか、やがて母屋に戻っていった。

足音が完全に遠ざかり、気配が消える。

環はその場にへたり込み、どきどきと荒ぶる胸を押さえた。

(あれでよかったの……？)

卑しい欲望を向けられたことに嫌悪を覚え、思わず激高した――そういうふりをした。

母の教えに従えば、おそらくそれが正解だと思ったから。

直前に見た悪夢のせいもあり、今もどこかに母の霊がいて、環の振る舞いを見張っているように思ったから。

(でも、ありえない……まさか相馬が……)

環を妻にも妾にもしないと言った男が、自分に触れて反応したことを、どう受け止めていいものかわからなかった。

彼も若い男性なのだから、単なる生理的な反応だと考えるのが自然だろうが。

(もしも……いいえ、そんな……だけど……)

瞬時の間に、思考が目まぐるしく変化した。

――相手が環だったから。

環だったからこそ、相馬は淫欲を催した——そういう可能性もあるのだろうか。

そうして、環もまた。

(相馬に抱きしめられて、私は何を考えていたの……？)

雄々しい体軀に包まれて陶然とした記憶が、環を混乱させた。

ありえない。

思ってはいけない。

もう少しだけ、あのままでいたかったなんて。

もしも相馬を拒絶しなければ、二人の関係を変える何事かが起こっていたかもしれないなんて。

(どうかしてる……)

どんどん熱くなる頰を押さえ、環は懊悩《おうのう》した。

改めて横になったあとも、石鹸の香りと溶け合った相馬の体臭を思い出しては、幾度となく寝返りを打った。

三　拝跪《はいき》する恋情

女学校に通っていた頃、級友たちが話題にするカフェーやミルクホールという場所に、環は行ったことがなかった。

誘ってもらったことだけなら何度かあるが、女中の監視つきでは窮屈だし、学校帰りの寄り道を母が許さなかったからだ。

しかし今、ひそかに憧れ続けていたその場所に、環はいる。

高い天井から吊られた鈴蘭形の洋燈《ランプ》に、絞り緞帳《どんちょう》のようなカーテンがかかった出窓。市松模様の床に並んだ丸テーブルには白いレェスのクロスがかかり、椅子には赤茶のスエード生地が張られている。

奥の小部屋はギャラリースペースになっており、若手の画家や陶芸家の展示会が、月替わりで行われているらしい。

レジスターという物珍しい機械の横には蓄音機が置かれていて、会話の邪魔にならない程度の音量で、ピアノ曲のレコードが回っていた。

（どこを見てもハイカラだわ……相馬みたいに洋装で来たほうがよかったのかしら？）

着物の襟元を、環はそわそわと押さえた。

白抜きの薔薇模様が散った浅葱色《あさぎいろ》の銘仙《めいせん》と、牡丹色《ぼたんいろ》の名古屋帯は、呉服屋から届けられたばかりの品だ。

今年の流行色である紫を、さりげなく半襟と帯揚げに取り入れているのは、せっかく銀座《ぎんざ》に出る以上はお洒落をしたいと思ったからだ。決して、相馬と二人きりで出かけるからというわけではない――と、誰にともなく言い訳する。

その彼はテーブルの向かいで、環によく見えるようにメニュー表を広げていた。

「姫様は何を頼まれますか？　定番の組み合わせはシベリアと牛乳ですが」

「シベリア？」

「カステラに羊羹《ようかん》を挟んだ菓子です。姫様は甘いものがお好きでしょう」

「じゃあ、それにしようかしら」

相馬は心得たように頷き、片手を上げて女給を呼んだ。

女給たちは揃いの縦縞の着物に、フリルつきの白いエプロンを身に着けていた。

テーブルの合間を縫って注文を受け、トレイに載せた飲み物や軽食を運ぶたびに、背中で大きく結ばれたリボンが揺れる。軽やかなその様子は、明るくてモダンな空間をひらひらと飛び回る蝶のようだ。

しばし目を奪われていた環は、横顔に注がれる視線を感じて、相馬に向き直った。

「何？」

「いえ、なんでもありません」

笑みこそ浮かべているが、相馬にはどこか遠慮するような、こちらの機嫌を窺うような気配がある。

その理由がわかるから、環は溜め息を呑み込んで尋ねた。

「本当に、今日は会社に行かなくていいの？」

「はい。今のところ、急ぎの仕事はありませんから。今日は姫様のお供をさせていただけて光栄です」

週の真ん中の平日なのに、相馬が環を連れ出したのは、おそらく詫びの気持ちからなのだろう。

あの夜――悪夢にうなされた環を相馬が抱きしめ、腰のものを硬くさせたときから、二人の間の空気はぎくしゃくしたものになった。

わざわざ蒸し返すことはなかったが、素っ気ない態度の環に対して、相馬は腫れものに触るように接した。

とはいっても、環は本心から怒っていたわけではない。

相馬に女として見られているのではないかと考え、つられるように妖しい気持ちになった事実に、どうすればいいのかわからなかったのだ。

しかし、共に夕食をとっていても、話題が途切れがちになるのは気まずい。

そんな日々が続くこと一週間。先に痺れを切らしたのは、環のほうだった。

『ずっと家の中にこもってると退屈なの。今度のお休みに、どこかへ連れていってちょうだい』

家のことを何ひとつしない居候の身で、勝手極まる言い草だ。

だが、環は知っていた。そんなふうに言われたほうが、相馬が嬉しがることを。

次の休みと言わず明日にでも、と請け負った相馬は、本当にもろもろの都合をつけて、仕事を休んでしまった。

『どこでも姫様のお好きなところに』

と言われて、環がとっさに口にしたのが、ずっと憧れていた銀座のミルクホールだったというわけだ。

「お待たせいたしました」

さきほどの女給が、注文した品を運んでくる。相馬の前にグラスを置くとき、その顔をちらりと見やって、ぽうっと頬を染めた。

環のほうには冷えた牛乳と、相馬の言ったとおり、三角形のカステラに羊羹を挟んだシベリアという菓子が並んだ。

相馬は飲み物だけを頼んだようだが、薄黄色の液体の正体がわからず、環は首を傾げた。

「相馬のそれは、なんというもの？」

「ミルクセーキです。牛乳に卵黄と砂糖を混ぜて、バニラの風味を足したもので……恥ずかしながら、俺も甘いものが好きなんです」

「……ふぅん」

そんなものがあるのなら、先に教えておいてほしかった。無意識に物欲しげな目つきになっていたのか、相馬が自分のグラスを環のほうに滑らせた。

「よろしければ、味見なさいますか」

「いいの？」

さっそくグラスに口をつけ、環は目を丸くした。

――甘い。ただの牛乳よりもずっとコクがあって、鼻に抜けるふわりとした匂いが「ばにら」だろうか。

こんな不思議な味の飲み物は、今まで飲んだことがない。

「美味しいわ」

にこりとしてグラスを返すと、相馬は一瞬、呆けたような顔をした。

「どうしたのよ」

「姫様の笑うところを見たのが、久しぶりでしたので……」

言われてみればそうかもしれない。

それにしたって、こんなふうに見惚《みと》れるような視線を注がれると、どうにも恥ずかしくて落ち着かない。

「嫌ね。私がそんな、いつもつんけんしてるみたいに」

「すみません、そういうわけでは」

ミルクセーキを手に取って、相馬は声を途切れさせた。

グラスの縁をじっと凝視し、瞬きもせずに動きを止める。

ゴミでもついていたのだろうか、と同じように眺めた環は、彼の考えていることに気づいてしまった。

環が味見をしたあとのグラスに、口をつけていいものかと悩んでいるのだ。

「何を意識してるわけ？」

動揺が滲まないよう、平然とした口調を装う。

「私が飲んだあとだから、汚いとでも言いたいの？」

「まさか！　違います」

「なら、とっとと飲めばいいじゃない。好きなんでしょう、ミルクセーキ」

「……はい」

環に促されて、相馬はそろそろとグラスを口元に運んだ。

一応、環の唇が当たったところは避けているが、見ているこっちの胸がどきどきした。

（こんなこと、別に平気だわ……順番が逆ってわけじゃないんだもの）

ということは、反対なら？　と思わず妙なことを考えてしまう。

彼が使ったグラスに、自分は口をつけられるかどうか。

相馬の唇が液体に濡れて、グラスの縁から離れた。わずかに覗いた舌が甘い雫を舐め取って、隆起の目立つ喉が上下する。

一連の仕種に見入ってしまっていたことに気づいて、環は慌てて目を逸らした。

「姫様も、どうぞ召し上がってください。あまり時間を置くと、カステラが乾いてしまいますから」

手がつけられていないままの皿を見て、相馬が促した。

それもそうだと思い直し、添えられたフォークを手に取る。ひと口大に切り分けたシベリアを頬張るなり、環はこふっと軽く咽《むせ》た。

（美味しいんだろう……けど）

ミルクセーキで舌が甘くなっていたところに、カステラと羊羹の組み合わせはさすがにくどかった。カステラのざらめが、奥歯にじゃりっと引っかかってなかなか溶けない。

急いで牛乳を流し込むと、やっと口の中がすっきりした。定番の組み合わせというからには、なるほど、理由があるものだ。

（それにしても……私と相馬は、どういう関係に見えるのかしら）

黙々とシベリアを食しながら、またそんなことが気にかかる。

今日は平日で、まだ午前中だ。講義をさぼったらしい学生や、裕福そうなご婦人のグループはいても、男女で来店しているのは自分たちだけ。

これでは、巷《ちまた》で言うところのアベックに見えてしまうのでは。

（ああ、もう。どうしてこんなことばっかり……）

やっぱり駄目だ。自分はおかしい。

あの夜の一件から、環のほうこそ、ことあるごとに相馬を意識してしまっている。

「このあとはどうしましょうか」

環が食べ終えるのを見計らったように、相馬が尋ねた。

「浅草《あさくさ》のほうに活動写真を見に行ってもいいですし。寄席には興味がありませんか？　凌《りょう》雲閣《うんかく》から眺める景色は絶景で、花やしきというところも楽しいそうです。いろいろな乗り物があって、虎やライオンが見られるそうで……ああ、動物園なら上野《うえの》でも」

「やけに詳しいのね」

「ずっと考えていたんです。姫様と出かけられるなら、どこへ行こうかと」

高揚したように言われて、環は面食らった。

「お屋敷に仕えていた頃は、自由になるお金が足りませんでしたから。姫様が動物園や遊園地に行きたいとおっしゃるたびに、俺が連れていって差し上げたいと思っていたんです」

それで環は思い出した。

子供だった頃、確かに望んだ。

動物園や遊園地。温泉旅行に海水浴。

いわゆる行楽というものに環はほとんど縁がなく、話題になる場所の話を聞くたびに、『遊びに行きたい』と駄々をこねた。

けれどそれは、両親とともに行ってみたかったのだ。

父に肩車をされて、母の作ったお弁当を食べて、お土産を買ってもらって、一日中ずっと笑って過ごす。

新聞や少女雑誌の記事で読む、典型的な家族団欒《だんらん》の風景。その中に、一度くらい自分も組み込まれてみたかった。

結局、その願いが叶うことはなかったけれど——。

「……姫様？」

表情を曇らせた環に、相馬が気遣うように声をかけた。

「浅草や上野は気が進みませんか？　それならいっそ、横浜まで足を延ばすとか……新橋《しんばし》の停車場はすぐ近くですし、中華料理を食べて帰るというのでも」

懸命に機嫌を取り結ぼうとする相馬に、環はまた溜め息をつきたくなった。親切で言ってくれているのはわかるが、相馬はもう少し堂々としているべきだと思う。身なりだけは立派な紳士なのに、明らかに年下の環に遜《へりくだ》る彼に、隣の席のご婦人方がちらちらと物見高い視線を送っている。

――いや。あれは好奇心だけでなく、ほのかな秋波《しゅうは》も混じった眼差しだ。

気にしないふりをしていたが、さっきの女給も明らかに相馬に見惚れていた。日本人離れした長身で、男臭さのない端整な容貌の魅力に気づいているのは、自分だけではないということだ。

なんとなく面白くなくて、環は窓の外に顔を向けた。

大きなホテルや新聞社もある銀座は、西洋式の赤煉瓦の建物が目立つ。アーク灯が等間隔に並ぶ通りには、チンチン電車と呼ばれる路面電車も走っていた。

「……横浜は今度にして、このあたりを少し歩いてみたいわ」

「歩くだけでいいんですか？」

「だって、ここは銀座でしょう。銀座の街をぶらぶら歩くことを銀ブラっていうんでしょう？」

聞きかじった知識を披露すると、相馬は小さく喉を鳴らした。すぐに咳払いして誤魔化されたが、環はむっとして追及した。

「どうして笑うのよ」

「すみません。姫様が……失礼ながら、得意げにされているのが」

「面白かったっていうの？」

「お可愛らしかったです」

　不意打ちだった。

　間髪を容《い》れず返されて、とっさに二の句が継げなくなる。

（可愛いって……それは、どういう意味で……）

「少し待っていてください」

　相馬は伝票を摑んで席を立った。勘定をすませて戻ってくると、いまだに動揺している環に、「では行きましょう」と微笑みかける。

　その平然とした態度が、なんだか癪《しゃく》に障った。

　遜《へりくだ》られても普通にしていられても気に食わないなんて、我ながら理不尽だとは思うが、少しばかり意趣返しがしたくなる。

（そうよ――こうなったら、思い切って）

　店の外に出たところで、環は相馬の後ろからそっと近づいた。

「とりあえず、日本橋《にほんばし》の白木屋《しろきや》に向かいましょうか――……っ、姫様!?」

　環に腕を組まれると、予想どおりに相馬は狼狽した。

とはいえ、環もそこまで大胆な真似はできないので、実際は彼の肘に軽く手首を絡める程度だったが。

「どうしたんですか。人目が……」

「足が痛いのよ。杖代わりになってちょうだい」

環は自分の狡《ずる》さを自覚していた。

今日は雨も降っていないし、本当は痛みもないが、こう言われれば相馬は、罪悪感から環を振り解けないとわかっていた。

(それならやっぱり、タクシーや人力車に乗ろうって言われるんでしょうけど)

だが、その予想は外れた。

わずかな逡巡のあと、相馬は「……わかりました」と頷いたのだ。

「なるべくゆっくり歩きますから。つらくなったらおっしゃってください」

「え……ええ」

自分で言い出したことなのに、失敗した――と環は思った。

柔らかく細められた灰褐色の瞳。

衣服ごしにも伝わる相馬の体温。

艶のある低い声が、頭ひとつ高いところから降ってきて。

相馬をどぎまぎさせるつもりだったのに、自分のほうが罠に嵌められたような気持ちになって、せっかくの銀ブラもまったく上の空だった。

❀　❀　❀

その夜も環は夢を見た。

いつもと同じように母が死に、環にも自害を迫ってきたときの夢だ。

ただひとつ違っていることといえば、千切れかけた首を傾け、暗い眼窩《がんか》で環を覗き込む佳寿子の言葉。


――はじしらず。

――なりあがりの、いやしいげなんあいてに、なんてはしたないまねを。


血まみれの両手が伸ばされ、環の顔面を鷲掴みにした。

『ごめんなさい、母様、ごめんなさい……！』と何度も叫ぶが、母は娘を許さない。

環の顔を揺さぶり、それに伴って母の頭もぐらぐらする。

ぶちっと音を立てて皮膚が裂け、佳寿子の首がごとんと落ちたところで、環はまたも自らの絶叫で目を覚ました。

「いやぁあああっ……――！」

布団の上で跳ね起き、前のめりになって胸を押さえる。はぁっ、はぁっ、と荒い呼吸に肩が上下する。

とっさに母屋へ意識を向けるが、当然のことながら相馬は来なかった。例のことがあって以来、離れにはむやみに近寄らないようにしているのだ。

こんな夢を見た理由は、考えるまでもなくわかっていた。

まるで恋人同士のように、相馬と街を歩いたせいだ。

あのあと相馬は環を百貨店に連れていき、『きっと似合うと思いますから』と洋装一式を見立ててくれた。

環が興味を持ちそうな菓子屋や小間物屋を覗き、疲れたらカフェーに入って、薫りのいい珈琲《コーヒー》で一服した。

移動する間ずっと、二人は腕を組んでいた。

相馬が当たり前のように肘を差し出してくるものだから、自分から杖代わりになれと言い出した手前、『もういい』とは断りづらくて。

が、それも結局のところ、言い訳に過ぎないのだろう。

こちらの歩調を気遣われながら、相馬に寄り添って歩くことが、環は楽しかったのだ。

そわそわと浮き立ってしまい、何を見ても、何を買ってもらっても、ほとんど覚えていないほどに。

けれどその喜びは、後ろめたさと表裏一体だった。

嫁入り前の娘が、婚約者でもない男と腕を組んで外を歩くなど、母が知ったら決して許さないはずだ。

「……ひどい汗」

例によって、寝間着用の浴衣はじっとりと濡れていた。胸も背中もべたべたして、ただ着替えるだけでは嫌な臭いが残ってしまいそうだ。

しばし迷って、環は布団を抜け出した。簞笥から新しい浴衣を取り出し、足音を忍ばせて母屋に向かう。

この家の風呂は西洋式で、最新の給湯器も備えつけられていた。シャワーからはいつでも温かい湯が出てくるから、体をさっと洗い流せば、ずいぶんさっぱりするだろう。

脱衣所に辿り着いたところで、環はおやと思った。

浴室の扉に嵌まった磨りガラスから、明かりが洩れているのだ。

自分のあとに入浴した相馬が、消し忘れたのだろうか。中から水音もしないことだし、環はなんの気なしに扉を開けた。

そうして目に飛び込んできた光景に、そのままの姿勢で固まった。

「っ……姫様――……!?」

相馬がいた。

青と白のタイルが斑《まだら》に張られた床には、象牙色のバスタブが置かれている。そこにもたれかかるように、相馬が脚を広げて座っていた。

浴衣の裾が大きく乱れ、下帯《したおび》をつけていない下肢が見えた。その中心から屹立した赤黒いものを、彼自身の右手が握っていた。

吉原仕込みの知識のせいで、何をしているのかは瞬時にわかった。

自慰だ。

雄の欲望を鎮《しず》める一人遊びに耽っていたところに、環は出くわしてしまったのだ。場所が風呂場だったのは、後処理のことを考えたせいだろうか。

相当に驚いたが、それだけなら騒ぎ立てないくらいの分別はあった。相馬も成人した男なのだし、自宅で何をしていようが自由なはずだ。

看過できなかったのは、彼の左手に握られたあるもののせいだった。

扉を開けた瞬間、相馬はそれに顔をすり寄せ、匂いを嗅《か》ぐような仕種をしながら、大きくなった男根を一心に扱《しご》いていたのだった。

「……それは何？」

環が浴室内に踏み出すと、相馬は顔面蒼白になった。

言い訳のしようのない場面を見られて、声が上擦っていた。

「あ……これは……」

「見せなさい！」

鋭い叱咤に、相馬はびくっと肩を揺らし、手の中のものを落とした。

環は拾いあげる気もしなかった。間近に見て検《あらた》めなくても、予感は当たっていた。

「――私の足袋ね？」

応接室でマッサージをされたときに、脱がされた片方の足袋だった。

あのときは逃げるように部屋を去ったから、彼のもとに残したままだったことを、環自身も忘れていた。

「すみ……ませ……」

瘧《おこり》にかかったように相馬の体が震えだす。遅れてやっと脚を閉じたが、股間のものはすっかり萎《な》えて、死にかけた生き物のようになっていた。

「すみません……すみません、すみません……！」

相馬は体を丸め、這いつくばって詫びた。硬いタイル張りの床に、額がごんごんと打ちつけられる。

あまりに情けなく哀れな姿に、驚愕も怒りもすうっと冷えた。

自分の足袋を使って自瀆《じとく》をされた嫌悪感はあるが、環は平坦な声で問うた。

「いつから？」

「え……」

「これが初めて？　いつもこんなことをしていたの？」

私が来てから——と無言のうちに尋ねると、相馬は床に額をつけたまま、観念したように打ち明けた。

「きっかけは、あの日です……離れで、醜態を晒したあの夜に……」

どこかで予想していた答えだったから、環は無言で聞いていた。

反応がないことが相馬をいっそう追い詰めたらしく、耐えかねたように彼は続けた。

「必死に我慢しようとしたんです。こんなことは、絶対にしてはならないと……想像の中だけでも、姫様を穢すなど許されないと。ですが、毎晩のように淫らな夢を見て。眠っているうちに、寝間着や布団を汚すことが続いて」

精通を迎えたばかりの頃のように、夢精が止まらなくなったのだと相馬は言った。

キヌに隠れてこそこそと汚れ物を洗ったものの、これ以上こんなことを起こさないためには、やはり自身で処理するしかないと思ったのだと。

「今夜は、昼間のことを思い出していました。姫様が、俺なんかと腕を組んでくださったことが嬉しくて……姫様の匂いや感触を、まだ覚えているうちにと……」

最低です——と相馬は声を絞り出した。

「気持ち悪い、ですよね……本当に申し訳ありません……どんな罰でも受けますから、どうか……どうか、お許しください……」

相馬の背中が波打つように震えた。

もしかすると、彼は泣いているのかもしれなかった。世間的には成功者と呼ばれる男が平伏し、必死に許しを乞うている姿に、環の胸がざわついた。

この感覚はなんだろう。

うんざりする。

男のくせにみっともないと、呆れ果てるような気持ちもある。

だが、それとは別に確かめたいことがあった。

あの離れでの出来事からずっと、明らかにしたいと思っていたことだった。

「ねぇ、相馬」

こんなときにどんな声を出せばいいのか、環は本能的に知っていた。

萎縮させないように、なるべく優しく。羽根で撫でるような口調で。

「お前は、どうしてそんなことをするの？　欲を満たしたいだけなら、それこそ吉原にでも行けばいいのに」

そろりと、慎重に誘導する。唸るほどの財力があるのだから、どんな女でも抱けるはずだと言われて、相馬は首を横に振った。

「他の女性では駄目です……そんなことは、少しもしたいとは思いません」

「何故？」

核心に近づいていく予感に、環の心臓は高鳴った。

このまま喋らせていれば、おそらく。きっと。

「俺は、ずっと……畏《おそ》れ多いことですが、ずっと前から……」

相馬が思い余ったように顔を上げた。

泣いてこそいないが赤く充血した瞳が、瞬きもせずに環を見つめた。

「姫様だけを、お慕いしていましたから」

言わせた——。

甘美な達成感が、環の背筋を貫いた。

望みどおりの答えを聞けて、指先までが痺れた。

環のほうこそ、少女の頃からずっと、そうであればいいと思っていた。

環の窮地を知って吉原まで駆けつけ、莫大な借金を肩代わりするなど、ただの忠義心だけで成せるものだろうか。もっと他の理由があるのではないかと、この屋敷で暮らすようになってから、ひそかに考え続けていた。

だが、それが恋情ゆえであるのかどうかは、今の今まで確信が持てなかった。

もしも違うと言われたら、肥大した自惚《うぬぼ》れがぺしゃんこになって、二度と立ち直れない。自分ばかりが彼を意識しているのだとわかれば、きっと悲しくて泣いてしまう。

（そうじゃなかった。相馬も、同じように私を想っていてくれた……――）

そうとわかれば、忌むべき自慰行為でさえ、どこか微笑ましいものに思えるのが不思議だった。妄想の中でも、自分は相馬の心を一番に占めている存在なのだ。

それでいて、妄想の中でさえ穢してはならないと葛藤するほど、環を大切に思ってくれている。

（相馬の身も心も私のもの――そう思っていいのよね……？）

ぞくぞくした喜びに胸が弾けそうだったが、環は露骨に嬉しがったりはしなかった。

ここまで待たされた分、寝耳に水だというように、軽く目を見開いてみせる。

「そんなこと、ちっとも知らなかったわ」

「墓場まで持っていくつもりでしたから」

相馬はまたしてもうなだれた。

「いくら成り上がろうが、しょせん俺は卑しい野良犬同然の男です。まして、姫様に一生ものの怪我を負わせた身で、あなたを望むなど……どうか、さきほどの言葉は聞かなかったことにしてください」

（……え？）

環は目を瞬いた。

場の空気が一気に薄くなった気がした。

自分をあれほど喜ばせた言葉を――『お慕いしていました』という告白を、相馬はなかったことにしろと言っているのだ。

(どうして……!?)

環は混乱した。相馬の胸倉を摑んで問い詰めたかった。

ここは、疵物にさせた責任を取るから一緒になってくれと懇願する場面ではないのか。ただの責任感だけなら願い下げだが、想いが伴っているのなら何も問題はない。

身分のことを気にするにしても、環とて没落した華族の娘だ。今となっては平民と変わりがないし、社会的な地位は相馬のほうが遥かに上だ。

それでも、長年の下僕根性は抜けきらないものなのだろうか。

彼にとっての環はいまだに、邪《よこしま》な欲望だけでなく、愛や恋の対象にもできないほど遠い高みにある存在なのか。

(なんて頭でっかちな……)

環は焦れた。もどかしさに、胃の底がじりじりと焼かれた。

――踏み越えてきて。

――生身の女として、相馬に抱きしめられたい。

そうは思っても、女のほうからそんなことを口にするなんてという躊躇《ためら》いのほうが強かった。社会通念的なことを抜きにしても、単純に恥ずかしいし、悔しい。

――そう。環が今、最も強く感じているのは悔しさだった。

相馬が勇気を出して環を求めてくれたなら、その腕の中に飛び込めるのに、彼は決してそうはしない。

結局のところ、自分への想いはその程度なのかと思ってしまう。

今はもう小早川の家はなく、厳格な母もいないのに、あの頃の関係に縛られ続けるなんて、相馬はどれだけ意気地《いくじ》がないのだろう。

「……やはり怒っていらっしゃいますか」

何も言わない環に、床に両手をついたまま、相馬が弱々しく尋ねた。

「どうしたら許してくださいますか……？」

これまでに見たこともないほど、相馬は打ち萎れていた。

もともと環の機嫌を過剰に窺うところがあったが、今はこちらの呼吸や瞬きにさえ意味を見出そうとして、すがりつかんばかりに見上げてくる。

卑屈なその様子に、いっそう苛立ちが増した。

習い性のように気を遣ってくるくせに、環が本当に欲しい言葉には決して気づかない、鈍い男だ。

　そんな男に執着し続ける自分も、どうかしているのかもしれないけれど——環はふと、相馬に対する腹いせの手段を思いついた。

　思いついたが、さすがに迷った。

（いくらなんでも……——いいえ、ここはいっそ、思い切って）

「どんな罰でも受けると言ったわね？」

　ようやく言葉を発した環に、相馬は大声で「はい！」と言った。

「なんでもおっしゃってください。姫様の命じられることなら、俺はどんなことでも」

「続きをして」

「え……？」

「さっきの続きよ。私が来る前にしていたことを、目の前でやってごらんなさい」

「……それは」

　何を要求されているかを理解した瞬間、相馬は放心したように固まった。

　好いた女に自慰を見られただけでも死にたいような気分だろうに、改めて続けろと言われたのだから無理もない。

　環とて、いかにひどいことを言っているかという自覚はある。

　だが、こんなふうにいじめたくなるくらい、自分を苛々させる相馬が悪いのだ。

「想像の中でとはいえ、私はお前に辱《はずかし》められたの。悪いと思う気持ちがあるなら、お前も同じくらい恥ずかしい姿を見せるべきでしょう」

「――わかりました」

ふいに彼が言って、環は虚をつかれた。

その顔が、薄く笑っているように見えた。そんなことがあるわけはないのに。

「姫様のご命令とあれば、仕方ありません。どうぞご覧になっていてください」

土下座の姿勢から、相馬は膝立ちになった。

浴衣の前が突っ張って押し上げられているのに、環はぎょっとした。さっきは確かに一旦萎えていたはずだ。

「すみません。姫様に見られると思うだけで、またこんなに……」

裾をはだけようとして、相馬は念を押すように環を見た。

「本当によろしいですか？　俺のこんなものを、姫様にお目にかけても」

まっすぐな相馬の視線に気圧される。

まさか、本当に言うことを聞くとは思っていなかったのだ。「どうかそれだけは」と必死で詫びる姿を見れば、溜飲《りゅういん》も下がるだろうと思っていた。

しかしいまさら、臆病風に吹かれたと思われたくもない。

「それが罰だと言ったでしょう」

「はい。でしたら……」

思い切りよくめくった裾を、相馬は帯前に挟んだ。筋肉の張った太腿と、引き締まった下腹までが一気に露《あらわ》になる。

その中心で隆起しているものも、当然のことながらすべてが見えた。

「っ……」

環はごくりと唾を飲んだ。

さきほどはちらりと見ただけだったが、相馬の腰のものはずっしりと実り、慄《おのの》くほどの質量があった。

色も形も、土中の養分を吸って肥大しすぎた甘藷《かんしょ》のよう。ごつごつとして、少しだけ左側に湾曲しているところが生々しい。

相馬はそこに右手を添えた。

握って扱《しご》くのだろうと思ったところ、てっぺんを包むように撫で回し始めて、意表をつかれる。

「俺は、いつもこうやって始めるんです……先のほうを、こう、さわさわと……」

相馬が声をかすれさせ、指で雁首を揉んだ。掌の下からにちゃにちゃと、濡れたような音が立ち始める。

「興奮すると、先走りが出てくるので……それを塗り広げると、もっとよくなる……今日は、いつもより多いです……こんなふうに」

相馬が手を浮かすと、性器との間に透明な液体が糸を引いた。内臓を思わせる色の亀頭が、磨き抜かれた玉のようにてかてかと光っている。

しばらく先端を捏《こ》ねていた相馬は、溢れた液体を幹の部分にまで丹念に伸ばした。そこからようやく指を絡め、手首を上下させ始める。

「っふ……——は……」

相馬の頬が紅潮し、息があがった。

しゅこしゅこと摩擦《まさつ》されている肉塊は、またひとまわり大きさを増したようだ。一体どこまで膨張するのかと、怖いもの見たさで目が離せない。

「ん、あぁ……姫様……っ」

途切れ途切れの切なそうな声が、浴室に反響する。

「姫様が、俺を……こんなことをしている俺を、ご覧になって……あぁ……恥ずかしいです……」

顔を背けながらも、相馬は横目で環を見ていた。

自分の痴態を観察されていることを、しっかりと確認するかのごとく。

環は己の胸を押さえこむようにぎゅっと抱いた。

そうしていなければ、心臓が弾けて飛び出してきてしまいそうだった。

(嘘でしょう……どうして、こんな状況で興奮できるの？)

相馬の動きは滑稽で、秘めておくべき性器もぐにゃりとした陰嚢も丸出しだ。

環の感覚では、他人に自慰を見られるというのは、排泄を見られるのと同じくらいに恥ずかしいことだと思う。

なのに、あんなにはぁはぁと息を荒らげて。

ひと目見ただけでもわかるほど、陰茎をがちがちに硬くして。

「——気持ちがいいの？」

尋ねると、相馬は小刻みに頷いた。

「いいです……いつもより、ずっと……」

「私に、見られているから？」

「はい……姫様の、前なので……っ、あ！」

びくんっ、と相馬の上体が大きく仰け反る。

亀頭の先からは先走りが湧き続け、表面張力が限界になると、芯の部分にとろりと垂れた。ひっきりなしに樹液を吐き出す、奇妙な植物のように。

浴衣の袷《あわせ》も乱れて、胸元がはだけていた。薄い小豆色《あずきいろ》の乳暈《にゅううん》が窄《すぼ》まり、米粒ほどの乳嘴《にゅうし》がぴんと尖っているところまで見えてしまった。

(本当に感じているんだわ……)

環の呼吸も浅くなり、腋の下が汗で湿った。

あまりに非日常的な状況に、感情がぐちゃぐちゃになる。

相馬の浅ましい姿への軽蔑。

どんな命令にも従う彼への、支配者然とした気持ち。

ほんの出来心だったのに、とんでもない世界へ踏み込んでしまったという戦慄。

未知の反応を起こす、自身の肉体への戸惑い。

(どうしたの……私も、なんだか変……)

相馬に気づかれないよう、環は臍のあたりを押さえた。浴衣の下で太腿を寄せ、もじもじと膝を擦り合わせる。

脚の付け根から下腹にかけて、ずぅん――と響くような感覚があった。何かが切迫していて、厠《かわや》へ行きたいような気もするが、その生理的欲求とはおそらく違う。

その間も相馬は、ひたすらに雄茎を扱《しご》き続けていた。

眉尻が下がり、口を開けて、環を見上げる眼差しは完全に蕩《とろ》けている。

赤々と腫れあがった肉鉾《にくほこ》が、根本から悶えるように脈動した。

「はっ……はぁっ……ああっ……く……」

耳に注がれる相馬の喘ぎ声が、環の脳髄を掻き乱す。

つられるように鼓動が高鳴り、下腹部に広がる甘い痺れが強くなる。

「あっ……もう……駄目です、……姫様……」

床についた両膝を、相馬はがくがくと震わせた。食いしばった歯の隙間から、ふぅふぅとふいごのような音が洩れた。

「出ます……このまま続けたら、もうすぐに……っ」

射精が近いと訴えられて、環はたじろいだ。本当に最後までさせてしまうつもりなのか、自分でも決めていなかった。

ここでやめろと命じたら、相馬はきっとつらいだろう。

それでこそ罰になるのかもしれないが、単純な好奇心もあった。本で読んだ知識はあっても、男がどんなふうに精を噴くのかは、実際に見たことがない。

「いい、ですか……？　出しても、いいですか……ここで……」

「――仕方ないわね」

いかにも呆れたように、環は言った。

そんなもの本当は見たくないけれど、相馬が懇願するから許すのだというふうに。

「あ……ありがとうございますっ……あ、いく……いく……いくっ……」

相馬は左手を後ろにつき、腰を反らして、下半身を見せつけるような姿勢になった。

右手の上下運動が、目にも留まらぬほど速くなる。腕がだるくならないのかと、つい変な心配をしてしまう。

「見ていて、ください……ふぁぁっ……はっ……はぁあっ――……」

丸々と張り詰めた杏《あんず》のような亀頭が、ぶるっと震えた。

精管を遡《さかのぼ》ってくるものに押されて、噴出孔がぱっくりと開く。

最後の瞬間、相馬は喉に絡まる声で環を呼んだ。

「ぁあ、出る……姫様……見て……うっ、あぁっ！　ひめ、さまぁ……っ！」

絶頂を迎えて跳ね回る肉棒が、びちゃびちゃと大量の白濁をまき散らす。足元のすぐ近くまで飛んできて、環は「ひっ」と身を引いた。

あっという間に、浴室中が湿った草のような臭いで満ちる。

「そんなに、たくさん出るものなの……？」

処女の身では基準がわからないが、この量は尋常でない気がする。

最初の飛び散る勢いを失った今も、相馬の分身の先からは、たらたらと名残の精液が漏れていた。

「いつもは、ここまでじゃありません……でも今夜は……姫様が、達《い》くところを見ていてくださったから……」

荒い呼吸のまま、相馬は壊れたように微笑んだ。

環の背筋を、ひやっと冷たい何かが伝った。

(見ていて――くださった？)

罰として命じたことなのに。

普通に考えれば、屈辱でしかない状況なのに。

相馬にとってこの行為は、嬉しい、ありがたいようなことなのか。

環の蔑むような言葉や視線。その恥辱を媒介に、快感を膨らませていたのだとしたら。

（そんな……まさか……）

環は初めて、相馬のことを怖いと思った。

声を荒らげられたり、暴力を振るわれるよりも、もっと底の知れない恐怖。

もしかしたら相馬は、自分が思っていたような、気弱なだけの男ではないのでは――という。

硬直している環の前で、相馬は立ち上がった。

さほど広くない浴室で長身の彼に立たれると、急に圧迫感を覚えた。

「掃除をしておきます。このままだと、キヌさんがびっくりしますから」

シャワーの蛇口に手を伸ばす相馬から、環は後退った。気づけばくるりと背を向け、離れへ続く廊下を夢中で駆けていた。

「――おやすみなさいませ、姫様」

何事もなかったようにかけられた相馬の声が、耳にこびりついて離れない。

自室に戻り、頭から布団をひきかぶった環は、全身が再び汗だくになっていることに気づいた。

いまになって、体を清めるという当初の目的を思い出したが、あの浴室に戻る気はどうしたって起こらなかった。

四　狂いだす歯車

床の間に活《い》けた紫陽花《あじさい》が、くすんで白茶けてきている。

元は鮮やかな天色《あまいろ》をしていたのに、ひとたび枯れ始めると無惨なものだ。これ以上朽ちてしまう前に、別の花と取り換えなければ――と、ぼんやり考えていたときだった。

「環様、あの、よろしいですか？」

部屋の外から、キヌの遠慮がちな声がした。

文机に頬杖をつき、『或る女』を広げていた環は、「何？」と顔を上げた。

つい先頃、作家の有島武郎《ありしまたけお》と婦人雑誌の女性記者が、軽井沢《かるいざわ》で心中した事件が世間を騒がせた。

共に死んでもいいと思えるほどの恋とは、どんなものだろう。彼の著作を読めば、その一端なりとわかるのだろうかと、母屋の書斎にあった小説を紐解いたものの、様々なことが頭をよぎって、まだ最初の数頁《ページ》で止まっている。

「失礼します」

襖を細く開けたキヌは、戸惑った表情をしていた。

掃除をする以外で、彼女がこの離れにやってくるのは初めてのことだ。もうすぐ昼食の頃合いだが、朝昼晩とも決まった時間に食堂に向かうようにしているから、そのために呼びに来たということもないはずだ。

「環様に、お客様でいらっしゃいます」

「……どなた？」

自分がここにいることは、知り合いの誰にも教えていない。女学校時代の級友はもちろん、遠い親戚にも元使用人にもだ。

「それが……――」

おずおずと口にされた名が予想外すぎて、環は目を見開いた。

❀　❀　❀

半刻後。

どういうわけか環は、神楽坂《かぐらざか》の料亭にいた。開け放たれた障子から、森閑《しんかん》とした日本庭園が見渡せる個室だ。

落ち着いた物腰の仲居が、食前酒を運んできた。青い江戸切子の杯には金箔が浮かび、先付けの皿には茗荷《みょうが》と紫蘇《しそ》を散らしたうざくが上品に盛りつけられている。

「急に連れ出してすまなかったね」

仲居が下がると、漆塗りの卓を挟んで向かい合う人物が、鷹揚な笑みを浮かべた。

銀色にけぶる豊かな髪。

英国の喜劇俳優、チャップリンを思わせる口髭。

すでに七十は超えているはずだが、体形に緩んだところはなく、御召茶《おめしちゃ》の着物を洒脱《しゃだつ》に着こなしている。

今の日本で最も有名な財界人の一人である、井津元輝彦だ。

「急に時間ができて、君のことを思い出したものだから。圭吾には何も言っていなかったから、さぞ驚いたことだろう」

「はい……あ、ええと……」

常であれば接する機会のない人物を前にして、どうしてもしどろもどろになる。

そんな環に向けて、井津元は杯を掲げてみせた。

「まぁ、まずは一献《いっこん》。もう二十歳にはなっているんだろう？」

「いえ、まだ十九です」

「なんだ、そんなに若いのか。あの未成年飲酒禁止法というやつは厄介だな。二年前なら、君に飲ませても何も問題にならなかったのに」

「…………」

「はは、そう硬くなりなさんな。私はもう、このとおりの老人だ。君を酔わせたところで、悪さなんぞできないよ」

井津元自身は、新聞の写真で見るよりずっとざっくばらんな印象だったが、環の緊張は解けなかった。

『君が環さんか。初めまして、井津元だ。ところで昼食はまだかね？』

約束もなく訪ねてきた彼は、顔を合わせるなりそう言って、応対に出た環をあれよあれよという間に車に押し込んだのだ。

あまりの強引さに呆気にとられているうち、いつの間にか行きつけだというこの店に到着していた。

車内での井津元は、これからの季節は鱧《はも》が美味いだの、しかし自分が一番好きなのはてっちりだのと一方的に喋るだけで、意味のある会話は何もできなかった。

とはいえ、いつまでも流されっぱなしになっているわけにもいかない。

環は背筋を伸ばすと、改めて頭を下げた。どんな相手であれ、礼を失した振る舞いをするのは、元華族の矜持に反することだ。

「ご挨拶が遅れまして、申し訳ありません。小早川環と申します。本日は、素晴らしいお店に連れてきてくださいまして、ありがとうございます」

「ほう。可愛らしいだけでなく、ずいぶんしっかりしたお嬢さんだ。圭吾が長年、心に留めていただけのことはある」

さきほどから、たびたび繰り返される「圭吾」というのは、相馬の下の名だ。普段は思い出さないから調子が狂うが、ここは相手に合わせておいたほうがいいだろう。

「圭吾……さんには、何かとお世話になっております。井津元様のお話も、以前にうかがったことがございます」

「私も聞いているよ。圭吾とは、吉原で運命的な再会を果たしたんだろう？」

不躾に「吉原」と口にされ、環はぎょっとした。

その反応を楽しむように、井津元は口髭を撫でている。人が好《よ》さそうに見えながら、意外と食えない老人だ。

「圭吾本人から聞いたわけではないよ。私は養い親のつもりでいるが、彼が独立した今となっては、そう頻繁に顔を合わせることもない。やることなすことを、いちいち報告してもらう義務もない」

だが、と井津元は続けた。

「とかく煩わしいことだが、人の口に戸は立てられない。銀華楼は吉原でも屈指の老舗だ。そこの新入り遊女が、かつての知己の青年に裏も返されず身請けされた話は、その筋では何かと噂になっていてね」

「……そうですか」

環は苦い思いで呟いた。

本当に煩わしいが、人の噂も七十五日だ。せめてその遊女が、小早川子爵家の娘であったことは知られていなければいいのだけれど。

「君に会ってみたかったんだよ、環さん」

井津元はわずかに身を乗り出した。

「圭吾がそれほど執心する女性とは、どんな人だろうと気になってね。圭吾に言えば何かと理由をつけて邪魔をされそうだったから、こうして奇襲をかけたわけだが」

実際、まさに奇襲という表現がふさわしかった。

前置きもなく連れ出されたこともだが、『執心』という言葉に当惑を取り繕えない。

井津元が、最近の自分たちの関係を知っているとも思えないが――まさか。

「何か誤解があるように思います」

どうにか己を立て直し、環は白《しら》を切った。

「圭吾さんは、私が昔の雇い主の娘だったよしみで、面倒をみてくださっているだけです。もちろんとても感謝していますが、世間が邪推するような間柄では……」

「男女の仲ではないということかね？」

踏み込んだ質問に、環は頷いた。

浴室でのあの出来事からは、すでにひと月が過ぎていた。

生々しい雄の生理を目の当たりにしたとはいえ、環自身の肉体はいまだ潔癖だったし、相馬が迫ってくるようなこともない。

よく躾《しつ》けられた犬のような彼は、主人の許しなく狼藉を働けるわけもないのだ。

「なるほど。いや、失礼した」

井津元は深々と頭を下げてみせた。

「いくらなんでも、昔は下男だった男に、子爵家のご令嬢が情を移すわけもないな。可哀想だが、これは圭吾の片思いということか」

「ですから、そういうことでは……」

「しかし、君の気持ちははっきりわかった。――実は、圭吾に見合い話が持ち込まれていてね」

（お見合い――？）

心臓がどきんと音を立てた。

相馬が誰かと結婚する。

年齢や立場を考えれば、少しもおかしなことではないが。

「本人の意思が大事だから無理強いするつもりはないが、相手は海運業者のお嬢さんで、圭吾の仕事にとっても望ましい縁組みだ。お嬢さん自身も、どこかから圭吾の写真を手に入れて、すでに一目惚れでぞっこんらしい。環さんに脈がないとわかれば、圭吾も気持ちに整理をつけて、見合いを受ける気になるんじゃないかと思ってね」

「……それで、まずは私の気持ちを確かめにいらしたと？」

「こういうのも親馬鹿というのだろうかね。私には実子が三人いるが、圭吾に対しても同じように幸せになってほしいと思っている」

井津元は杯を呷り、遠い目で続けた。

「君の屋敷を出たあと、圭吾はずいぶん捨て鉢で、自堕落な生活を送っていたらしい。本人は口を濁していたが、裏組織の人間との付き合いもあったようだし……私と出会った頃もすさんだ顔つきをしていたが、学ぶ機会を与えられると、がむしゃらに吸収して成長した。恋しい君と引き離されたことを、忘れたがっているような勢いで」

なんと言っていいかわからず、環は黙った。

屋敷に仕えていた時代から、環を慕っていたと相馬は言った。

想うあまりにつらくて、会えないことが苦しくて、ならばいっそ忘れたい――それは、この六年間の自分とまったく同じだ。

「それでもたびたび、君の実家の様子は気にかけていたようだ。再び一緒に暮らせるようになって、圭吾はよほど嬉しかったんじゃないかと思ってね。もちろん、環さんにとっては喜ばしい経緯ではなかっただろうが」

「……過ぎたことですから」

父の失踪も母の死も、悲しいといえば悲しいが、いまさらどうにもならないことだ。

それよりも今の環は、じりじりした焦燥を覚えていた。

相馬が見も知らない女性を娶《めと》って、夫となり、父となる。

漠然とした未来が急に現実味を増し、胃の腑が重くなった。そんなことになったら、自分はあの家を出ていかなければ——いや。

そもそもが、あそこでずっと暮らせるという話ではなかったのだ。

吉原で再会したとき、相馬ははっきりと言ったではないか。後見人として面倒をみるのは、環がふさわしい相手に嫁ぐまでだと。

しかし、具体的にどうすればいいというのだろう。

相馬以外の男性と顔を合わせる機会はないし、疵物の没落令嬢を妻にしてもいいと言う物好きな相手がいるかどうかもわからないのに。

「余計なことかもしれないが、君の縁談に関しては、私が世話をさせてもらってもいい」

環の心を見透かしたかのように、井津元が言った。

「ご実家のことはともかく、君はちゃんとした娘さんだ。しかも若くて美しい。身元の確かな男性を、私ならいくらでも紹介できる」

「それは……」

我が身にまで話が及んで、環はうろたえた。ここで「お願いします」と頷けば、今日明日にでも見合いの段取りが組まれそうな勢いだ。

「……少し考えさせてください」

それが言葉そのままの意味なのか、態《てい》のいい断り文句なのか、環自身判然としなかった。

いつまでも、相馬の家の居候ではいられないとわかっている。

相馬の律義さを考えれば、彼が結婚するためには、自分が先に片付かなければいけないということも。

けれど――。

「それもそうだ。いきなり混乱させて悪かったね」

井津元は軽い口調で言ったが、その顔にもう笑みはなかった。

「ともあれ、環さんのほうにその気がないなら、半端に期待を持たせるのは酷だ。見合いを受けるよう、圭吾の背中をそれとなく押してやってくれないか。――年寄りには時間が少ないものだから」

❀　❀　❀

その日の夕飯には鮭のムニエルが出た。

和食に慣れた環が食べやすいよう、バターの芳醇な風味の中に、ほんの少し醤油が垂らされている。匂いだけでも美味しいことはわかるが、その夜は食が進まなかった。

「ごちそうさま」

半分ほどを残し、ナイフとフォークを揃えて四時の位置に置く。

ナプキンで口を拭うと、対面に座っていた相馬が、「今日は申し訳ありませんでした」と意を決したように口を開いた。

「新田とキヌさんから聞きました。うちの会長が、姫様を強引に食事に連れ出したと」

「ああ……」

特に口止めもしていなかったから、筒抜けになるのは仕方がない。

「会長とはなんの話をしましたか？」

落ち着かない様子で相馬は尋ねた。

「何か失礼なことを言われませんでしたか？　恩人にこう言うのもなんですが、あの人はどうにも大雑把というか、豪放磊落《ごうほうらいらく》すぎるところがあって……悪い人ではないのですが」

それは環も概ね同意見だった。

井津元との会話では、むっとしたりぎょっとしたりする場面も確かにあったが、それも相馬を気に掛ける親心ゆえに違いなかった。

「……噂を聞いて、ただ会ってみたかったそうよ。ご馳走になったお食事も美味しかったわ。昼間に食べ過ぎちゃったから、夕食が入らないの。悪いけど」

それは半分本当で、半分嘘だ。

あのあと井津元とは当たり障りのない話をし、贅《ぜい》を尽くした旬の料理をいただいた。屋敷まで送り届けてもらった際にも、「美味しかったです」と礼を言ったが、実際のところ、食事の味などろくに覚えていなかった。

――相馬に縁談があるということ。

――見合いの邪魔をせず、背中を押してやってくれと、わざわざ釘を刺されたこと。

その事実をどう受け止めるべきかわからず、せっかくの料理も機械的に口に詰め込むだけだったから。

「本当にそれだけですか？」

相馬は疑わしげに尋ねた。

「今日の姫様は、なんだか元気がないように見えるので……俺の勘違いならいいのですが」

（相変わらず、そういうことはよく気がつくんだから――）

環の機嫌や体調の変化に、相馬は誰よりも聡《さと》い。

そのくせ肝心なことは汲み取ってくれないから、もどかしくて苛立つのだ。

たとえば、あの浴室の一件以来、少しも距離を詰めてこない相馬に対して、やきもきしていることだとか。

『お慕いしていました』などと言うくせに、やはり一線を踏み越える勇気はないのかと、げんなりしていることだとか。

目の前で吐精した相馬の姿をことあるごとに思い出しては、悶々とした気持ちになって、眠れないでいることだとか——。

「……ラベンダー」

ふと思い出して、環は呟く。

会話の矛先が急に変わって、相馬が戸惑った顔をした。

「前に足をマッサージしてくれたとき、ラベンダーの精油を使ったわよね。あれは安眠にも効果があるって言ってなかった？」

「そのとおりですが……もしかして眠りが浅いのですか？」

「少しね」

それを聞くなり、相馬は椅子を蹴立てて立ち上がった。テーブルに両手をついて、姿勢が前のめりになっている。

「でしたら、精油よりも良いものがあります。最近仕入れたばかりの品で、会社の倉庫にありますから、すぐに行って取ってきます」

今から？　と環は目を瞬《しばたた》いた。

「いいわよ、別に明日でも」

「いいえ、待っていてください。急いで戻ってきますから！」

しばらくぶりに明るい表情を浮かべた相馬は、そのまま飛び出していってしまった。環のためにできることがあるのが、嬉しくて仕方ない様子だった。

環は椅子の背にもたれ、天井を仰いだ。

（こういうのが困るのよ……）

いっそ、相馬のことを嫌いになれたら楽なのに。

迸《ほとばし》るような好意を向けられるたび、喜びと息苦しさを同じだけ感じる。

優しくも素直でもない自分を、いまだに好いてくれているのが嬉しい反面、相馬が一切の見返りを期待していないことがわかるからだ。

彼は環に尽くすばかりで満足し、己の欲というものがない。

性欲は人並みにあるのだろうが、それも自己処理のみで完結し、環本人をどうこうしようという気はないのだろう。

（……滅私奉公とはよく言ったものね）

溜め息をついたところで、給仕も兼ねる料理人の石黒がやってきて、食後の珈琲を淹《い》れてくれた。

ムニエルを残してしまったことを詫びると、白いコックコート姿の石黒は、

「気にしないでください。普段はちゃんと召し上がってくださるじゃないですか」

と、丸眼鏡の奥の瞳を微笑ませた。

「それにしても環様は、旦那様につくづく大切にされてますねぇ」

「……え？」

「朝食と昼食は、いつもお一人で召し上がるでしょう。その際に食欲がおありだったか、何を好んで食べられたか、お帰りになった途端、私に尋ねられますから。旦那様は、環様のことをいつだって気にしていらっしゃるんですよ」

そんな話は初耳で、戸惑う環に石黒は諭した。

「出過ぎた真似だと承知で申し上げますが、旦那様と仲直りなさってはいかがですか？」

「仲直りって……」

「最近は、お食事中もお互いずっとだんまりでしょう。きっと喧嘩をなさったんだろうって、新田さんもキヌさんも心配しているんです」

本当に出過ぎたことですが――と繰り返した石黒は、使用済みの食器をワゴンに載せて下がった。洗い物はキヌがすることになっているから、彼の今日の仕事はこれで終わりだ。

一人になって、環は白磁の珈琲カップを覗き込んだ。

湯気を立てる褐色の液体の表面に、なんとも言い難い表情の自分が映っている。

(喧嘩だなんて……そんなことができるくらい対等な関係なら、こんなに悩んでないわ)

相馬は甘党らしいが、珈琲だけは砂糖もミルクも入れずに飲む。輸入品として珈琲豆を扱うこともあるから、味覚を敏感にしておかなければいけないのだと。

なんとなく彼の真似をして、環は初めて何も入れない珈琲を飲んでみた。想像以上の苦さに顔をしかめ、何度も休憩しながら、ちびちびと時間をかけて飲み干す。

キヌが遠慮がちに声をかけてきたのは、三十分ほども経った頃だろうか。

「環様、お風呂の支度ができていますが……」

「ありがとう。もう帰ってくれて大丈夫よ。——このカップは私が片付けておくから」

いつもより遅くなったことに気づいて言うと、キヌは大いに慌てた。

「そんな、旦那様に私が叱られます」

「いいのよ。少しくらいは、家のこともできるようにならないと……この先、どうなるかだってわからないし」

ぽつりと呟いたのは、井津元との会話が頭に残っていたからだ。

いずれ自分もこの家を出て、誰かに嫁ぐ日が来るかもしれない。

その相手が、使用人を雇えるほどに裕福とは限らない。最低限の家事だけでもできるにこしたことはないと、遅まきながら、環はようやく自覚したのだった。

「今度、お掃除やお洗濯の仕方も教えてくれる？」

これまで避けていた手前、気まずさを覚えつつ頼むと、キヌはこだわりなく笑った。

「そこまでおっしゃるなら、さっそく今から鍛えて差し上げますよ」

「えっ、今？」

「洗い物くらい、簡単だと思ってらっしゃるでしょう？　だけど意外とコツがありますからね」

そのあとはキヌとともに厨房に入り、洗い物の基本を教わった。

水は桶に溜めて、その中で食器を洗い、できるだけ無駄にしないこと。

汚れ具合が軽いものから洗い始め、こびりついた油や食べ残しは、古新聞かぼろ布であらかじめ拭っておくこと。

陶器の器は割れやすいから、むやみに重ねようとしないこと。

木の椀や箸は腐らないよう、しっかりと乾燥させること——などなど。

大したことではないと思っていたのに、初心者の環にはなかなかの重労働だ。着物の袂《たもと》が濡れないよう、たすきを十字に掛けるやり方から教えてもらわねばならなかった。

それでも、できることが増えたと思うと、ほんの少し嬉しくなるのが不思議だった。

母が生きていた頃なら、使用人のように水仕事をするなんてと、きっと叱られただろう。

家の切り盛りは大事だが、それは女主人らしく、下々の者を使う方法を覚えればいいのであって、自ら動く必要はないと言われたはずだ。

華族というのはそういうものだと、環も漠然と思っていた。あの古くて暗い家の中において、母の教えは絶対で、疑うことすら許されなかった。

（だけど、もう母様はいないんだから……私も、いろいろなことを自分で決めていかなくちゃいけないんだわ）

キヌが湯を沸かし直してくれたので、環は浴室に向かった。

脱衣所で帯を解き、肌を露《あらわ》にしていくと、なんとはなしに身がすくむ。

相馬がいないことはわかっているが、彼があんなことをしていた場所だと思うだけで、おかしな気持ちにならずにはいられなかった。

とはいえ銭湯まで行くのは遠いし、キヌや新田の手前、家の風呂を使わないですむ適当な言い訳も浮かばない。

思い切って裸になった環は、先にシャワーを浴びて、これも輸入ものだという石鹸で頭と体を洗った。浴槽の湯に肩まで浸かると、昼間からの疲れがようやく抜けて、欠伸《あくび》のような息が洩れる。

猫脚のついた陶器のバスタブは、女の体にも似たまろやかな曲線が優美だった。西洋式の生活は馴染まないと思っていたが、こうしていると、遠い外国へ旅行にでも来ているような気持ちになってしまう。

（たとえば、私と相馬が外国へ行って暮らすとしたら……——）

白い湯気に顔を撫でられながら、環は夢想した。

自分たちのことを誰も知らない場所でなら、人の目を気にせず、相馬とありのままに向き合えるだろうか。

だがそもそも、素の自分とはどんな人間なのか、環自身にもよくわかっていなかった。

特にここ最近は、矛盾した感情に引き裂かれてばかりいる。

亡くなった母の遺志を継ぐことが、供養になるならそうしたい――現実を考えれば、いつまでも華族気取りでお高くとまっているのは愚かの極みだ。

幼かった頃のように、相馬とずっと一緒にいたい――従順で優しい相馬が好きだったはずなのに、その性質が今も変わらないことに苛々する。

己を慰める相馬の姿に、気味の悪さと恐ろしさを感じた――それが自分を想っての行為だと知れば、環も確かに昂《たかぶ》った。

「……はぁ……」

またひとつ、口元から息の塊が零れた。

さっきの溜め息とは違い、それはかすかに色めいた響きを帯びていた。

腹の上に置かれた右手がそろそろと遡り、左右に並んだ膨らみの間で止まる。

躊躇っていたのは、呼吸五つ分ほどだった。

環は己の手で片方の胸乳《むなぢ》を包むと、円を描《えが》くようにさすった。

「ん……」

――本当に、あの吉原というところは悪所だと思う。

環は結局、客を取らされることはなかったが、例の指南本や遊女たちのあけすけな会話を通じて、男女のことはひととおり理解してしまった。

その知識の中には、女性が自身を慰める目的と方法も含まれていた。

たとえば、興奮を煽る手練手管《てれんてくだ》として客に見せつけるために。

布海苔《ふのり》を切らしてしまった場合、交接に支障が出ないよう秘処を潤わせるために。

あるいは不眠気味の遊女が、心地よい疲労感を得て寝つきを良くするために。

（このところ、ちゃんと眠れてないから……だから、これは必要なことなの……）

誰にともなく弁解し、胸の頂《いただき》を中指でくすぐる。寒いところで着物を脱いだときのように、乳輪がきゅっと縮こまる。

その中心でぷくんと勃《た》ちあがった乳頭は、硬さも色合いも、咲き綻《ほころ》ぶ寸前の桃の蕾のようだった。

環はそこを、二本の指先で摘んだ。

やんわりと押し潰し、生じるはずの快感を捉えるべく、意識を凝らして目を閉じた。

その眉間に次第に皺が寄る。

けれどそれは、望みどおりの成果が得られたからではなかった。

「……ん……っ」

おかしい――と焦るのはいつものことだ。

撫でたり、引っ張ったり、擦ったり。

習い覚えたとおりに乳首を刺激しているのに、めくるめく快楽とやらは訪れない。

薄い靄《もや》をかけられたような甘痒さはあるけれど、気の抜けたラムネ水のように、どうにも刺激が乏しかった。

ふと思いつき、遊女たちの真似をして色っぽい声を出してみる。

「あっ……ぁあ……はぁん……っ」

わざとらしく息を弾ませても、白けた気分になるばかりで、環は唇を噛み締めた。

（どうして？　何が間違ってるの……？）

相馬の痴態を目にして以来、環の性に関する好奇心は日に日に募り、ついには布団の中で、自身の体をぎこちなく愛撫するようになっていた。

けれど、期待していたほどにはちっとも心地よくなれない。

風呂場で試してみたのは、今夜が初めてだった。

そもそものきっかけになった場所なら気分も高まるかと思ったのだが、己の浅ましさのほうが気になって、普段よりも集中できない。

（やっぱり、胸だけじゃ駄目なのかしら――……）

瞼を開き、視線を下に落とす。ほっそりとした脚の付け根では、産毛《うぶげ》とさほど変わらない叢《くさむら》が、湯の中で頼りなく揺らいでいた。

『こりゃまぁ、月のものも来てない禿《かむろ》みたいなあそこだねぇ。いっそつるつるに剃りあげちまったほうが、面白がる客もいるかもしれない』

銀華楼に売られてすぐ、環のそこを検分した遣り手は、からかうように言ったものだ。

体毛の生え方が人よりずいぶんと幼いことを、裸に剝かれ、あらゆる場所を調べられる屈辱的な身体検査の際に、環は初めて知ったのだった。

恥丘《ちきゅう》を覆うように手を伸ばすが、それより深い場所をまさぐるのは抵抗がある。

背徳感ゆえにというよりも、誰にも相談できない不安のためだ。

(もしかして、私の体は他の人と違っていたら……?)

実のところ、環は自分のそこを見たこともなければ、しっかりと触れたこともなかった。

入浴の際に洗うことくらいはするけれど、性的な意図をもって弄《いじ》ってみたことはない。

遣り手は『商品にならない』とは言わなかったから、おそらく使うこと自体はできるのだろう。

それでも胸と同じように、快感を覚えられなかったら?

自分の体には、生まれつきの欠陥があるのだとしたら?

なんの根拠もないが、性感が鈍いと子を授かりにくいということはないだろうか。

婿を取って家を継ぎ、小早川の血を残せと言われ続けたせいで、石女《うまずめ》と蔑まれることが環は異様に怖かった。

すでに足を引きずるという負い目があるのに、これ以上の劣等感はとても抱えきれない。

「もうっ……！」

不安が苛立ちになり、環は水面をばしゃんと叩いた。

思った以上に声が反響して、肩をすくめる。使用人たちはもう帰ったはずだが、もしも聞こえていたら何事かと思うだろう。

さっきよりは声を低くして、八つ当たりのように環はぼやいた。

「――相馬は、あんなに気持ちよさそうだったのに」

男と女は体の造りが違うから、感じ方も異なるのかもしれない。

が、手っ取り早く快感を得られるのは、断然男のほうだという気がした。

そういえば、例の足袋もまだ返してもらっていない。どうせ、あれからも一人でこそこそと気持ちよくなっているのだろう。

環がはしたない娘になってしまったのは相馬のせいなのに、こうして悶々としていることなど、彼は何も知らないで。

「不公平だわ、こんなの」

何度目かわからない溜め息をついて、環は浴槽から出た。これ以上、おかしなことを考えながら湯に浸かっていてはのぼせてしまう。

そのとき、脱衣所のほうでがたりと音がした。

扉にかけていた手を、環は慌てて引っ込めた。

「誰かいるの!?」

鋭く問いかけても、返ってくるのは沈黙ばかり。

しばらく息をひそめて待ったが、なんの気配も感じなかった。警戒を緩めないまま扉を細く開け、そろそろと外を覗く。

脱衣所には誰もいなかった。

気のせいだったのかと安堵した瞬間、覚えのある香りが鼻先をかすめて、環の顔からさぁっと血の気が引いた。

❀　❀　❀

相馬が離れの部屋を訪ねてきたのは、濡れた髪もほとんど乾く頃だった。

閉ざされた襖越しに、恐縮したような声がする。

「ただいま帰りました。……もうお休みですか、姫様?」

「起きているわ」

三面鏡の前に座った環は、肩流しにした髪を梳《くしけず》りながら答えた。

鏡に映った自分の顔は、橙色《だいだいいろ》の洋燈《ランプ》の光に照らされ、硬く強張っている。

「遅くなってすみません。途中でエンジンの調子がおかしくなりまして……お渡ししたい品をお持ちしました。ここに置いておきますので、枕の下に入れてお使いください」

部屋の中に入るつもりはないのか、相馬はそのまま母屋へ戻ろうとする。

紳士ぶった態度に、かっと頭に血がのぼった。櫛を置いて立ち上がると、環は乱暴に襖を開け放った。

白いシャツにサスペンダーを合わせた姿の相馬が、驚いたように振り返る。

「何を持って帰ってきたの？」

「あ……これは、サシェといいます」

相馬は廊下に置いたものを取り上げ、改めて環に差し出した。

青い小花柄の布を縫い合わせ、レェスのリボンで縛った袋状の小物だ。可憐で愛らしい作りは、女学生などにいかにも好まれそうだ。

「西洋の匂い袋で、中にラベンダーのポプリが入っています。ポプリというのは、花弁や香草を乾燥させたもので……精油だと肌に直接触れるのがよくないので、これを」

「今帰ってきたばかりというのは、嘘よね」

問いかけるのではなく、いきなりそう断定する。

以前にも嗅いだことのある独特の芳香が、環の疑念を確信に変えていた。

「母屋の脱衣所で、これと同じ匂いがしたわ」

相馬の目が見開かれ、怯えたように横に逸らされた。

環はラベンダーのサシェを摑むと、足元に叩きつけた。あまりも軽々とした手ごたえに、余計に苛立ちが募った。

「扉越しに聞き耳を立てていたんでしょう。私がお風呂に入っているところを、覗こうとしていたの？」

「滅相もありません！」

相馬は青い顔で弁解した。

「申し訳ありません。エンジンが壊れて遅くなったというのは嘘です。一時間ほど前に帰ったのですが、こちらのお部屋に姫様がいらっしゃらなかったので……もう一度母屋に戻って、風呂場の前を通りかかったら、苦しそうな声が聞こえて」

環の頬にたちまち朱が集《つど》った。

あれは苦悶の声などではない。

蔑んでいた遊女たちの真似をして、滑稽な喘ぎ声をあげてみたのを、相馬に聞かれてしまっていたのだ。

(私は、あのとき——……)

思うような快感が得られないことに焦れて、つい独り言を洩らした。

『――相馬は、あんなに気持ちよさそうだったのに』

『不公平だわ、こんなの』

　あの呟きも聞かれていたというのだろうか。だとしたら直前の喘ぎ声に加えて、環が何をしていたのか、想像できてもおかしくない。

「具合が悪いのであればお助けしようと、様子を窺っていました。そのうちに姫様が出てこられそうになったので、とっさに逃げて……車の中で時間を潰していました」

　環が聞いたのは、やはり相馬が逃げていく物音だったのだ。脱衣所の扉は建てつけが悪くなっていたから、慌てて閉めたときの音だろう。

（どこまでわかっているの？　どこまで……――）

「誰にも言いませんから」

　探るような眼差しを向けられて、何故か相馬は、環以上に頬を赤くした。

「――姫様の秘密を、俺は誰にも言いません」

「っ……！」

　激しい羞恥で頭が煮立ちそうになった。

　やはり、相馬にはすべてを知られてしまっていた。その上、こんなふうに恩に着せるような言い方をされるなんて。

「もとはと言えば、お前が……！」

環は、反射的に右手を振りかぶった。

相馬の頬で、ばちんっと打擲音《ちょうちゃくおん》が弾ける。非力な環では大した衝撃にもならなかったろうが、相馬は雷に打たれたように立ちすくんだ。

ぶってやろうという意思すらなかった。

相馬に弱みを握られた事実が悔しく、消えたいほどに恥ずかしくて、考えるより先に体が動いていたのだった。

「全部、全部、相馬のせいなのに！　お前のせいで、私は……っ……」

相馬のことなんて忘れるつもりだったのに、いまさらになって現れて。

煮え切らない態度で、こっちの気持ちを掻き乱して。

彼と再会しなければ、環は気高い華族令嬢のままでいられた。実際は吉原の遊女にされて、肉体の純潔は失っただろうが、心だけは清廉に守れたはずだった。

それが今は、もう滅茶苦茶だ。

いやらしいことを考えるだけでは飽き足らず、自分で自分を慰めるような真似までして。世話になっている恩人に手をあげるような、無作法な娘になって。

(殴ったのはやりすぎだった……謝らなくちゃ……)

わずかに理性が戻り、口を開こうとした矢先。

「そうです。俺が悪いんです」

出し抜けのことだった。

相馬がその場に膝をつき、環の膝にすがりついた。

「きゃっ……!?」

環はよろめき、尻もちをついた。幸い布団の上だったので痛みはないが、考えようによっては、ひどく危険な体勢だ。

熱に浮かされたように、相馬はまくしたてた。

「許してください。俺はまた悪いことをしました。姫様のあの声を思い出して、車の中で……自分でしてしまいました。二度も」

「……は……?」

間の抜けた声が無意識に洩れる。

この期《ご》に及んで、一体どういう告白なのか。そもそも環の理不尽で一方的な責めに、『俺が悪いんです』と謝る意味もわからない。

「止められないんです。姫様のおそばにいるだけで……その目で見られるだけで、俺は盛りのついた犬になってしまう。何度でも昂《たかぶ》るし、何度でも出せる。自分でも気味が悪いくらいに。俺がこんなだから、あなたをいやらしい目で見てばかりいるから、姫様もおかしくなったのでしょう？　俺と一緒に、おかしくなってくださったのでしょう？」

「相馬……」

首筋がふつふつと粟立《あわだ》った。

またた。

環に自慰を命じられ、達した直後、相馬は『姫様が見ていてくださったから』と壊れたような笑みを浮かべた。

普通ならありえない屈辱を、悦《よろこ》びに変えてしまう男。

その男の頬を、自分はさっき、思い切り打ち据えた――。

「姫様は、『不公平』だとおっしゃいましたね」

環の膝を抱え込んだまま、相馬の体は明らかに熱を上げていた。

「本当にそうです。俺ばかりが勝手に気持ちよくなって、いい目を見ているんです。ですから今夜はお返しします。姫様がなさろうとしていたことのお手伝いをさせてください」

「……あっ……!?」

足の先に、ぬるっとした温もりが触れた。

環の右足を両手で捧げ持った相馬が、親指の爪に口づけ、さらには指そのものを口内に含んだのだった。

「なっ……何をしてるの、馬鹿！」

背後についた腕が震えた。

赤ん坊がちゅくちゅくと乳を吸うように、相馬は足指をしゃぶっていた。指の股にまでねろりと舌を這わされて、環の声が裏返る。

「やめなさい、そんな、汚い……っ」

「綺麗です」

くぐもった声で相馬は言った。

「姫様のお体は、どこも綺麗です……甘い香りのするお菓子のようです」

正気とは思えないことを口走り、相馬は残りの指も一本ずつ順繰りに舐め回した。最後の小指を軽く甘噛みされて、全身がびくんっと震えた。

——なんだったのだろう、今のは。

脹脛《ふくらはぎ》にまで駆け抜けた、微弱な静電気のような。

戸惑っているうちに、相馬の唇が足の甲に移った。

触れるか触れないかの、羽根で掃かれるような感触がさまよい、踝《くるぶし》の少し上で止まる。

かつて桜の木から落ちて、骨が折れた場所だ。

「ここ、痛みますか……？」

「ふぁっ……——！」

押し当てられた唇から、艶のある声が直《じか》に骨を伝い、悪寒にも似た痺れが走った。

「これも俺のせいです。俺があの日、木登りをお止めできていたら……落ちた姫様を受け止められていれば、つらい想いをさせることはありませんでした。もう踊りもやめてしまわれたのでしょう？　姫様が舞われる姿は、あんなにも美しかったのに」

ちゅっ、ちゅっ、と唇が触れては離れ、離れては触れる。

そこは今、少しも痛くはなかった。

痛み以上に耐え難い、未知の感覚が環を襲い、腰がもぞもぞと左右に揺れた。

「っ……あ……んっ……」

忍んでも忍んでも、鼻にかかったような声が止まらない。

腰の奥にじんと響く甘やかな感覚――おそらく、これが快感なのだろう。

そうと悟った瞬間、環は混乱した。

やはり、この体はどこかおかしいのではないか。

自分で胸を揉んでも、乳首を弄っても、風がそよぐほどにしか感じなかったのに。

足を舐められ、口づけられて感じるなんて、きっと尋常なことではない。

「ん、ふ……っ」

足首から膝頭までを、相馬の舌が遡った。

浴衣の裾がはだけてしまっていることに気づき、環は急いで掻き合わせようとする。

「隠さないでください」

環の手を、相馬はやんわりと押さえた。

「見せてください。もっと上まで。俺が、『不公平』でなくして差し上げますから」

相馬が体を割り込ませると、寄せ合わせていた膝は呆気なく開かれた。浴衣も大きくめくれてしまい、太腿の付け根を覆うばかりだ。

「何をするの!?」

顔を傾けた相馬が、今度は左の内腿に口づけた。

静脈の透ける肉を唇で食《は》み、ときおり悪戯に吸い上げながら、さらに奥へと。

「安心してください。姫様の操を損なうようなことは、決して――俺はただ、姫様に心地よくなっていただきたいだけですから」

「ま……待ちなさい、待って――あっ……いやっ……!」

――このままでは、まさか。

思った途端、相馬はぐっと頭を沈め、もっと深い場所へと潜った。

鼠径《そけい》部に彼の吐息がかかって、環の悲鳴は凍りつく。

「ひ、っ……」

こしのない細い毛が、まばらに生えた幼い恥丘《ちきゅう》。

その膨らみに、相馬が吸いつく。濡れた舌が伸ばされて、閉じ合わされた花唇《かしん》をくちゅりと割った。

「──甘酸っぱい」

感激のあまりか、相馬の声は震えていた。

「蜜が、もうこんなに湧いて……感じてくださっていたのですね。俺なんかのすることで、姫様が──あぁ……」

「ひぁっ!?」

再び秘裂を舐められて、腰全体が大きく跳ねた。

(嘘よ……ありえない……嘘……嘘……!)

足よりもさらに不浄な器官。

体の中で最も汚く、臭いだって気になる場所。

そんなところを、相馬は何度も舐めてくる。本物の犬でもそこまではしないだろうというくらいに、べろべろと大きく舌を動かし、興奮に涎《よだれ》を垂らしながら。

「これが姫様の味……姫様の匂い……んっ……素晴らしいです……」

「やっ、いや、だめ……ぁあああっ──……!」

鮮烈すぎる快感だった。

ひっきりなしに声があがり、眼球が裏返ってしまうほどの。これに比べたら、自分で胸を揉んで得られた感覚など児戯に等しい。

全身が火照《ほて》り、息が乱れて、小水とは違う何かがじゅんじゅんと湧き出てくる。

「ほら、すごい……洪水ですよ……姫様の奥から、溢れて溢れて……俺の顔も、いっぱい濡れて」

相馬の喉から、ごくんっと嚥下の音が鳴る。

得体の知れない体液を躊躇いなく飲み下して、彼は恍惚の息を吐いた。

「……酔いそうです」

「あ……は、ひぅっ――……」

ちゅうっ、じゅるるっ、と卑猥《ひわい》な水音を立てて、相馬はなおも蜜を啜《すす》り続けた。

陰唇を左右ともに丁寧にしゃぶり、蜜口にぬぷぬぷと舌を出し入れする。ごく浅い場所ではあったけれど、相馬の一部が体内に入り込んでいるという事実に、思考が焼き切れてしまいそうになる。

「や……やだっ……ああっ、やめてぇ……」

「嘘ですよね」

何よりも恐ろしいのは、環がどれだけ拒絶しても、相馬が本気にとってくれないことだった。

いつでも環の意思を尊重し、卑屈なほど顔色を窺う相馬が、こんな暴挙に出るなんて。

「今やめてしまったら、つらいですよ？　姫様のここはこんなにぐしょ濡れで、ひくひくして悦《よろこ》んでいらっしゃるのに」

ねぇ姫様——と上目遣いで甘く囁かれる。

「ご自分で、ここを弄ったことはおありですか？」

「っ……ない……」

せめてそれだけは伝えたくて、環は声を絞り出した。

「胸だけで……そんなところ、触ったりしない……っ」

「よかった」

相馬が嬉しそうに呟いた。

「俺が初めてなんですね。だったら、こちらもたくさん舐めて、とびきり気持ちよくして差し上げますね」

「い、ぁ……あぁぁあっ!?」

槍で貫かれるような快感が突き抜け、一瞬、何をされたのかわからなかった。

相馬が舐め転がしているのは、割れ目の上部にある極小の突起だった。

軽く押し潰し、下から弾きあげて、膨らみ始めた輪郭をれろれろとなぞっていく。

「あっ、あんっ、や！　そこっ……！」

じっとしていられなくて、踵が布団を蹴りつける。

その間も、意図的に尖らせた相馬の舌は、朱鷺色《ときいろ》の肉芽《にくめ》をつんつんとつつき続けていた。

ぷくりと腫れたそこに注がれる刺激で、環の腰が宙に浮いた。

「あん、あ、ううっ、……だめぇ……」

和室にこもる、ラベンダーと愛蜜の香り。

清涼な芳香とみだりがましいそれが混ざって、環の鼻腔を、意識を犯した。とても現実のこととは思われず、見上げた天井の木目が遠くなったり近くなったりする。

「ぁ、ぁあ、あん……あっ……」

「達《い》きそうですか?」

びりびりと痙攣《けいれん》し始める内腿に気づいて、相馬が尋ねた。

「嬉しいです。達ってください。俺の舌で、もっと感じて——……」

「ぁああっ……あぁ、ああ、いや……!」

相馬の唇が、花芽《はなめ》をじゅうっと吸い上げた。敏感になりすぎた部位に、蛇のごとく執拗な舌が絡みついて擦りたてる。

吸引と摩擦を同時に加えられては、ひとたまりもなかった。ぐんぐんと高まる淫熱に、腰の奥が融解する。

きつく閉じた目の裏に、環は金色の火花を見た。

「っ——ん、ぁあ、ぁぁあああっ……——!」

初めての絶頂は、遥かな遠い世界へ一気に飛ばされるかのようだった。

顎が上がり、開いた口の中で舌を震わせ、憚りのない嬌声を放つ。

膣道と子壺がぎゅうぎゅうと収斂《しゅうれん》し、切なく疼いた。

本来ならそこに注がれる男の精を、啜り上げるための動きだった。

「……ありがとうございます」

布団の上にだらしなく横たわり、呼吸を繋ぐことが精一杯な環を、相馬は陶然と見下ろした。

「俺の舌で、本当に果ててくださるなんて……嬉しいです、ありがとうございます……」

環の身がすくんだのは、濡れた股間が冷たいせいだけではなかった。

女神を崇めるかのように額《ぬか》ずいて、相馬は何度も何度も「ありがとうございます」と繰り返した。

——かさり、と乾いた音がした。

床の間に飾られた紫陽花が、朽ちた花弁を散らした音だった。

(枯れた花……取り換えようと思っていたのに……)

それ以上のことは覚えていない。

ひどく異様な現実から逃避するように、環の意識はそのまま闇に沈んだ。

五　浅薄な目論見

――ジャワ……ジャワジャワ……

――ジャワジャワジャワ、ジャワジャワ、ジャワジャワ……


クマゼミの輪唱《りんしょう》が障子ごしに響いている。

茜《あかね》色の夕日に染まる部屋の中、環は髪を乱して横たわり、畳の縁《へり》に織り込まれた花菱《はなびし》文様を見るともなく見ていた。

（暑い……）

環がこの家に暮らすようになって、四ヶ月弱。暦はもうすぐ八月だ。

夕暮れになっても、じっとしているだけで首筋や胸の谷間にふつふつと汗の玉が湧く。

身に纏う浴衣は青い朝顔柄で、目には涼しげだが、それだけだった。

いつまでもこんなふうに、だらだらとしていてはいけない。

今夜は出かける予定があるのだから、支度をせねば――と思うものの、どうにも億劫で動けない。

衣桁《いこう》にかかった服を、環は物憂げに見やった。

短い袖が丸く膨らんだ、葡萄色のモダンなワンピースは、首の後ろから腰までを釦《ボタン》で留める形のものだ。大きな襟とリボンベルトがアクセントになっており、同じ色のクロッシェ帽も揃っている。

本来なら着物をかけるための衣桁に吊り下げられているのは、以前ミルクホールへ行ったあと、相馬が百貨店で買ってくれたものだった。

『明日は、あの服をお召しになってはいかがでしょう』

昨日の夜、相馬はそう言った。

『行き先を考えれば、そのほうがいいでしょうし。お一人で着るのが難しそうなら、キヌさんに手伝ってもらうよう言《こと》づけておきますから』

相馬は七時には一旦帰宅して、環を拾ってから目的地に向かうと言っていた。それまでに準備を終えていなければ、心配したキヌが様子を見にやってくるかもしれない。

（……着替えなんて、手伝ってもらえるわけないじゃない）

気が利くように見えて、相馬はやはり脇が甘い。それとも、行為の最中は我を忘れるあまり、本気で覚えていないのだろうか。

環はそっと胸元を押さえた。

胸だけでなく、脇腹にも太腿にも背中にも——更紗地の浴衣の下では、青い朝顔と対をなすように、指先ほどの赤い花がいくつも咲いている。

すべて、相馬が残した口づけの痕だ。

(こんなもの、キヌさんに見せるわけにはいかないわ)

何度か家事を教えてもらうことで、彼女とは大分打ち解けたが、さすがにこの状態の肌を晒すことはできない。

母屋の廊下に置かれた柱時計が、ぼぉーん、ぼぉーん……と時を知らせた。六回鳴って、それは止まった。

気の進まない身支度をするべく、環はようやくのろのろと身を起こした。

❀　❀　❀

そもそものきっかけは、数日前。

「大丈夫ですか、姫様？　おつらくはありませんか？」

「っ……平気、……」

その日はうだるような熱帯夜だった。

布団を汚したくなかった環は、床の間の柱に背を預け、両脚を開いていた。浴衣の帯は解かれて、体の前面は完全に見えてしまっている。

対する相馬は、シャツにズボンといういつもの洋装だ。

こんなに暑いのに、シャツの釦は喉元まで留められており、禁欲的なその様子が、かえって淫靡《いんび》に感じられる。

何せ、畳に膝をついた彼の右手は、環の濡れた秘処をぬちぬちとまさぐっているのだ。

すでにさんざん舐められた上、ここ数日かけて馴《な》らした成果もあって、狭い蜜孔《みつあな》には中指がようやく根本まで入ったところだった。

「ゆっくり息をしてください……しばらくこのままにしていますから」

「ん……はぁっ……——」

「そうです……お上手ですよ」

導くような口調でありながら、相馬の声は、興奮を隠しきれずにかすれていた。

ズボンの下で膨張した性器が、布地を突っ張らせている。見るからに窮屈そうなのに、彼は自分のことには頓着せず、環の耳元であやすように囁いた。

「外だけでなく、中でも感じられるようになったら、また別の気持ちよさがありますから……そうしたら、もっとよく眠れるようになりますからね」

——不眠気味だった環の寝つきをよくするための、入眠儀式。

二人の間で、この行為はそういうことになっていた。相馬がサシェを持って帰ってきた、次の日からだ。

その前夜、環は相馬の舌遣いによって、生まれて初めての絶頂を迎えた。

快楽の余韻の中で眠りに落ちて、目覚めたときには翌朝だった。浴衣は少しも乱れておらず、体の上には布団もかけられていた。

なんて淫らな夢を見たのだろうと赤くなり、夢だったことに安堵して身を起こした瞬間、部屋の隅に人影を認めてぎょっとした。

『おはようございます』

昨夜の恰好のままの相馬が、神妙な顔つきで正座していた。

『よくお休みのようでした。怖い夢は見ませんでしたか？』

『え……ええ……』

混乱しつつ頷いたあとから、そういえばと思い至る。

死んだ母が夢に出てこなかったのは、ずいぶん久しぶりだ。

その上、頭の芯がやけにすっきりしている。ここ最近の寝不足が解消されたせいか、体調自体はすこぶるいい。

『よかったです。……これは、もう必要ありませんね』

相馬が胸ポケットにしまったのは、環が昨晩投げ捨てた、ラベンダーのサシェだった。

『これからは、俺が姫様のお手伝いをいたします』

『……手伝い？』

『姫様の安眠のためのお手伝いです。――もちろん、姫様が望まれればですが』

自慰の、とは言わず相馬は微笑した。

昨夜はそのつもりで環の体に触れたはずなのに、いつの間にか建前がすり替えられてしまっていた。

その場では返答を求めず、相馬は仕事に出かけていった。

一日中悶々とした環は、その晩再びやってきた相馬を、追い返すことができなかった。

自分でもどうかしていると思いながら、あの甘い快楽が忘れられなくて、不道徳極まりない行為に溺れた。

それからというもの、相馬は一日も空けずに環の部屋に忍んでくる。

使用人たちが帰った屋敷の中で、淫らな戯れは今に至るまで継続していた。

そうして、そこには厳密なルールがあった。

相馬は指や舌で環に触れるが、決して最後の一線は越えない。口づけもしない。

言葉にして取り決めたわけではないが、相馬のほうからは頑なに、このルールを守ろうとする意志を感じた。

己の快楽のためではなく、環のために。

どんな形であれ環に奉仕することが、自分の使命であり、喜びなのだというように。

「姫様、こちらも……」

　秘部に指を潜り込ませたまま、相馬が環の胸に顔を寄せた。

　熱い吐息が肌にかかる。それは環の心をざわめかせ、期待で尖りかける乳首に、相馬はおもむろに吸いついた。

「んん、っ……」

　乳輪を舌で愛撫され、頂も大きく舐められる。彼の口内に含まれた部分が、むくむくと形を変えていく。

　そこを上下の歯で挟まれ、舌先でぴんっと弾かれると、上体が仰け反った。乳首を引っ張られる形になって、ますます刺激が強くなる。

「ふぁああんっ……いやぁ……っ」

　夜の部屋に響くのはいつだって、自分のものとは思えない声ばかりだ。

　甘ったるく媚びるような、淫らでだらしない女の嬌声。

　なのに相馬は、それを喜ぶ。

「もっと聞かせてください、姫様」

　反応が得られることを嬉しがって、いっそう熱心に乳首を吸い立ててくる。反対の乳房も揉みしだき、餅のようにぐにぐにと撓《たわ》ませる。

「あん、んっ……あ、ぁあっ……」

「いい声です。とてもお可愛らしい……今夜もたくさん感じてくださいね」

すっかり硬くなった胸の突起を夢中でしゃぶられ、環は肩を揺らして身悶えた。

「や、そんな……あぁあっ、いやぁ……！」

相馬は、環の胸にことのほか執着していた。

乳暈《にゅううん》の周囲ごと吸引し、飴玉を味わうように転がしては、ときどきはくっと甘噛みする。

もう片方の乳首を摘みあげ、くりくりと嬲《なぶ》るように擦り合わせる。

「っは、……あ、ぁあ……あ……」

相馬の舌も指も、独立した生き物のごとく、環の快楽を引き出すためにばらばらに動いた。もう一匹のその生き物は、環の下肢にも潜んでいた。

「ぅんっ……！」

膣口に突き立てられたままの中指が、ぬるんっ——と手前に引かれた。

間を置かず、それはまた環の内側に入ってくる。出して、入れて、出して、入れて、浅い場所をくちゅくちゅとくすぐっている。

「あっ、だめ……それ、だめ……っ」

「痛いですか？」

「違う、けど……あぁあっ……やぁっ……！」

「また溢れてきてますよ……ほら」

ぬちゅっ、ぷちゅっ、とわざと水音を立てるように、体内で指が泳いだ。

広げられた蜜口から、とろとろと流れたものが会陰《えいん》を伝う。布団は汚さないですんだものの、この分では畳に染みができてしまう。

「うんっ、んっ、ん、ふ……っ」

環は歯を食いしばり、未知の喜悦に耐えた。

乳首や秘玉《ひぎょく》を攻められるときとは違い、体の内部に与えられる刺激は、また別種の快感だった。内臓を直に撫でられているかのように、胎《はら》の奥がぞくぞくとうねっている。

指を深く差し込んだまま、相馬の掌が女陰全体を包んだ。手首ごと震わせて、べちゃべちゃの恥丘《ちきゅう》を細かく揺すりあげる。

「あぁっ、あぁああっ！」

埋まった指を通じて、蜜洞《みつほら》にも振動が伝わった。新たな性感を目覚めさせられ、小さな花芽《はなめ》までが芽吹いて、つるりと赤い実本体を覗かせた。

「中が、熱くて……柔らかくなってきました」

綻んでいく花筒《はなづつ》に、相馬は続けて人差し指を沈めた。

「もう少し、拓《ひら》きますね……あぁ、入る――姫様が、俺の指を二本も咥えて……すごい……なんていやらしい……」

相馬の視線は、環の陰部にさっきからずっと釘付けだった。

これまで何ひとつ迎え入れたことのない処女地に、節くれだった二本の指が、ぬっぽりと食い込んでいる。

普段は慎ましく閉じた入口から、ぬめぬめとした媚肉を掻き分けて、指はさらに奥へと進んだ。

「姫様……姫様の中は……こんなにざらざらして、ぷつぷつして……」

「う、動かしちゃ、だめぇっ……！」

後退《あとずさ》ろうとしたが、背後は柱でどこにも逃げられなかった。

それをいいことに、相馬は蜜洞をぐちゅぐちゅと掻き回した。環自身も知らない深部を暴いた興奮に、明らかに息が荒かった。

「んっ……あんっ……あぁ、あぁあ！」

昼間とは逆で、今は相馬が完全に環を支配していた。

たった二本の指でいいように弄ばれ、抜き差しされるたびに、ぷしゅぷしゅと透明な蜜を吐く。

襞と襞の間を撫で回され、臍の裏をずぐずぐと擦られて、内腿が痙攣し始める。

「達《い》けますか？　初めてなのに、中で感じて果てられますか――？」

「んぁ……はぅっ――……！」

指の動きがより速くなって、環は喉を反らせた。

気温のせいだけでなく、体の内部が熱くて熱くて、毛穴がひっきりなしに汗を噴く。

暑い。

「……そう、ま……っ」

ぐんぐんと突き上がってくる快楽が怖くて、環は無意識に腕を伸ばした。

二度と離れないでとばかりに、相馬の肩に力いっぱいしがみついた。

行為の最中に密着したのは初めてで、相馬が目を瞠る。

「姫様――」

一拍の間ののち、相馬はいっそう煽られたように、蜜壺を激しく蹂躙《じゅうりん》した。

突いて、抜いて、抉って、攪拌《かくはん》して。脚を広げて喘ぐ環は、まるで彼の男根を受け入れているような錯覚に陥ってしまう。

もしも今、この指が相馬自身の性器に変わったら。

一度だけ見た、あの太くて長い雄の肉塊だったなら。

(そうしたら、もっと気持ちよくなって……相馬は私の中で、あの白いものをたくさん出すの……？)

想像しただけで、もう駄目だった。

これまでよりずっと荒々しい、法悦の波に一気に呑まれる。

「い……っあ、ぁあああああっ……！」

高い声をあげて環は達した。

びくびくと収縮する肉襞は、相馬の指の血流を止めるほど強く締めつけた。

「う、っ……――」

呻きとともに、抱きしめた肩から、ぶるるっと大きな胴震いが伝わる。

その意味がわかったのは、ひとしきり落ち着いてから嗅いだ匂いのせいだった。

栗の花に喩《たと》えられることもあるという、独特で鼻につく匂い。

「相馬……お前、もしかして……」

「すみません」

相馬は体を離し、恥じ入った。

そのズボンの股間が、色を変えて湿っていた。

さっきからそこには、指一本触れてすらいないのに。ひそかに勃起していたものを、相馬は弾けさせてしまったのだ。

「俺にしがみついて達する姫様が、あまりにもお可愛らしかったので……」

「――変態ね」

環のひと言に、相馬はみるみる眉尻を下げた。

泣きそうな顔なのに、その瞳は炯々《けいけい》と光っている。

似たようなことを何度か繰り返すうちに、環は確信した。

生来の下僕気質ゆえか、環に罵られ、軽蔑の目を向けられるたびに、相馬は被虐《ひぎゃく》的な悦《よろこ》びを味わうのだと。

そうして近頃は環も、彼につられるかのように、嗜虐《しぎゃく》の快感が芽生え始めている。

「何もしていないのに漏らして、下着もズボンもどろどろで。小さな子供が粗相したみたいじゃないの」

「……見苦しいものを見せて申し訳ありません」

平謝りする相馬を見ていると、互いの力関係を元に戻せているようで安心した。

二人の間では環が主であり、相馬は従だ。さっきは他愛無く翻弄されてしまったが、本来の自分たちはこうあるべきだ。

「脱いだらどう？」

「え……」

「そのままじゃ気持ち悪いでしょう。上も下も全部脱げばいいわ。着替えには私の浴衣を貸してあげる」

言いながら、自分の浴衣の前は合わせ、帯もさっと結んでしまう。こちらばかりが肌を晒し、相馬が服を着たままというのも、以前から不満だったのだ。

しばらく躊躇っていた相馬だったが、最後の言葉で、意を決したようにシャツの釦を外し始めた。

かつて情を交わした男女は、互いの着物を交換する習慣があったという。

平安文学における後朝《きぬぎぬ》の別れとは、通い婚が主流だった時代、それぞれの単衣《ひとえ》を重ねて共寝《ともね》し、朝になって相手の衣《きぬ》を身に着けることから生まれた言葉らしい。

相馬がその謂《いわ》れを知っているかどうかはわからないが、環の肌に触れたものを、直に羽織れるというのが魅力だったのだろう。

「これでよろしいでしょうか」

環が見守る中で、相馬はとうとうすべてを脱いだ。

仁王立ちになるのもおかしいと思ったのか、武士がそうするように、両膝を軽く開いた正座だ。初めて目にする彼の全裸を、環は舐めるように眺めた。

抱き合ったときから思っていたが、服の上から見るよりも、やはりずっとたくましい。

広い肩も厚い胸も、筋肉を浮き上がらせた下腹部も、自分とは何もかも違っていて、純粋な造形美に魅入られてしまう。

その太腿の付け根では、達したばかりの性器がぶらんとうなだれていた。さきほどの射精の残滓《ざんし》が、意外なほど黒々した茂りにまでこびりついている。

「普段はそんな形をしているのね」

以前に見た禍々しい形状と違い、力を失った陽物は、滑稽で可愛らしくすら思える。それでも決して小さくはなく、三寸ほどはあるのだが。

「あまり見ないでください」

いたたまれないように相馬は言った。

「どうしてよ。お前は私のことをさんざん見るでしょう」

「ですが、姫様に見られていると思うと、その……また催《もよお》してしまって……」

「え……ちょっと……っ」

環は啞然とした。

まるで、奇妙な手品を見せられているようだった。

相馬のそこにじわじわと芯が通り、亀頭が膨らんで上を向く。

さっきと同様、なんの刺激も加えていないのに、臍の位置を越えるほど、見る間に大きく育ちきった。

「……呆れるわ」

眉をそびやかして言うと、蜜を滲ませた雄茎がひくんと揺れた。

「お前はどこまで節操がないの？　自分でも言っていたけれど、本当に盛りのついた犬ね」

「姫様相手にだけです……」

小声ではあったが、相馬は珍しく抗弁した。

「俺がこんなふうにおかしくなるのは、姫様だからです。昔からずっと、あなただけが俺の特別でした」

聞きようによっては熱烈な愛の告白なのだが、こんな状況で言われても、どうにも間が抜けている。

環は、ふと悪戯心を起こした。

「ねぇ。どうせ相馬は、このあと自分でするんでしょう」

相馬が母屋へ戻るのはいつも、環が寝入ったのを見届けたあとだ。環に触れながら股間をぱんぱんにさせている彼が、そのまま眠りにつくとは思われなかった。

「今日は私が手伝ってあげるわ。これを擦ってやればいいのよね？」

環が股間に向けて手を伸ばすと、相馬は驚いたように後退った。

「いけません、姫様の手が汚れます……！」

「されたくないの？」

環のすることならば、なんでも大喜びで受け入れるものだと思っていたのに、望んだ反応が得られずにむっとする。

「いえ……ですが、あまりにも畏れ多くて……あの……もし……もしも、よければ」

何度もごくりと唾を飲み、相馬は上目遣いで環を見つめた。

「――足で、お願いできないでしょうか」

「足？」

「俺の汚いものには、それで充分です。姫様のおみ足で、思い切り踏んでいただけたら」

正直、ぎょっとする話だった。さきほども変態だと罵ったが、相馬の倒錯ぶりは、環の想像を遥かに超えていく。

しかし、いまさら引っ込みはつかなかった。

怯《ひる》んだところを見せたくないというよりも、相馬が期待に満ち満ちた目で、こちらを見上げているからだ。

「……いいわ」

相馬の要望を叶えてやるには、この姿勢のままではやりにくい。

環は立ち上がり、床柱《とこばしら》に片手をついて体を支えた。

宙に浮かせた右足の先が、汚れた雁首をつついた途端、「はぁぁあっ……！」と太い声があがった。

「あ……ぁあ、姫様……あ、うぁっ」

「そんなにいいの？」

「はい……気持ちいいです……すごく……っ……」

「――ふぅん」

環はちろりと唇を舐めた。

爪先で裏筋をつうっとなぞれば、重たげな肉棒は根本からぶるんと揺れた。

「元気のいいこと」

活きのいい鯉《こい》が跳ねるような動きを、環は揶揄《やゆ》した。

そそり勃《た》ったものの付け根から踵を合わせて測ってみると、雄杭《おすくい》の全長は、環の足よりも優に一寸は大きかった。

「そのまま……踏んで、ください……っ」

「いいのね？」

「はい……思い切り、ぎゅっと……踏み潰すくらいに――」

恥も外聞もない懇願に、環は応えてやった。

大きく反り返った竿《さお》部分を、下腹部にめり込むほど力を込めて踏みつける。

「うあぁあっ、ぁああっ……！」

腰を揺すり、顔を真っ赤にして、環から与えられる刺激に相馬は大いに身悶えた。

みっともない喘ぎ声に、胸が高鳴る。

もっとはしたない姿を見たくて、弾力のある亀頭を丸めた足指で包み込めば、相馬の喉がひくひくと震えた。

「これも好き？」

「ぁ、ああ……姫様は、女神様ですか……？」

相馬の瞳は潤み、前髪が汗で額に張りついていた。

「俺なんかに、こんな……こんな、ご褒美《ほうび》を……ありがたいです……嬉しすぎて、どうにかなりそうです……っ」

「本当にお前は変態ね」

嘲笑する環もきっと、傍《はた》から見れば、相馬に負けず劣らずの痴女に違いなかった。

実際、自分でも何をしているのかと思う。慎み深い華族令嬢だった小早川環を、自ら殺して葬るような行為だ。

(だけど――こうしている限り、相馬は私のものだわ)

嗜虐心以外に環を衝《つ》き動かすのは、歪《いびつ》な独占欲だった。

自分たちは夫婦でもなく、婚約者でもなく、普通の恋人でさえない。

ならばせめて、二人の秘密をもっと増やそう。

相馬の望む悦びを、環しか与えられないとなれば、彼はこれまで以上に自分に執着するのではないか。

太った蝮《まむし》のような肉塊を、環はより強く踏みにじった。そのままごりゅごりゅと足を上下に動かす。

「だっ、駄目です……いっ、あ……はぁぁ！」

相馬は声を裏返し、首がもげそうなほど激しく左右に振った。

足の裏に伝わるのは、暴発寸前の熱と脈動。さきほどの吐精分と、新たに溢れた先走りが混じって、ぐちゅぐちゅと濁った音を立てた。

「いきそう、です……俺、もう……いってしまいます……ぁあ……ん――くぅ……ふぁあっ……！」

男根がびちびちと揺れ、放物線を描く精液を噴き上げた。それは環の足にもかかって、相馬はあたふたと這いつくばった。

「ぁ――ああ、すみません！　すぐに綺麗にしますから……」

「なっ……!?」

足の甲を這う舌の感触に、環は狼狽した。

自分の放ったものを躊躇いなく舐め取る相馬に、この男は本当に、人の皮をかぶった獣なのかもしれないと思う。

「そんなもの、不味《まず》くはないの？」

「不味いですよ……」

唇を白濁で汚し、相馬は顔をしかめた。

「それでも、姫様を俺なんかのもので穢すわけにはいきませんし――これは、自分への罰ですから」

「罰？」

「俺は本来、姫様に相手にしてもらえるような人間じゃありません。なのに、こんなふうに気持ちよくしていただいてしまって……申し訳ありません、調子に乗りすぎました」

足を清められて、環は途方に暮れた。

結局、いつもこうだ。

夜毎に背徳の時間を分かち合いながらも、相馬はきっちりと線を引く。環を処女のままにしておくこともそうだし、自分だけのものにしたいと欲を抱くこともない。

これほど淫らな女に堕ちた環を、彼はいまだに崇拝しており、高みの存在として扱うことで距離を置くのだ。

「……これを着れば？」

明日の着替えのつもりで畳んでいた浴衣を、環はばさりと投げた。

相馬は礼を言って素直にそれを羽織った。

蔓《つる》を伸ばす鉄線《てっせん》が染め抜かれた女物の浴衣は丈も袖も足りていないのに、中性的な顔立ちの相馬が着ると、さほどおかしく見えないのが不思議だった。

「――相馬の奥さんになる人は大変ね」

ふと口にしたのは、いい加減、半端な関係に肝を焼いたからかもしれない。

この先のことを相馬はどう考えているのか、怖いながらも真意を探りたかった。

「俺の妻……ですか？」

「そうよ。こんなおかしな性癖に付き合ってやらなきゃいけないんだもの。普通のお嬢さんなら気持ち悪がって、裸足で逃げ出すでしょうね」

ずっと訊きたくて訊けなかったことを、環は思い切ってぶつけた。

「お見合いはしたの？」

「え？」

「井津元さんから、お前に縁談があると聞いたわ。お相手は海運業者のご令嬢なんでしょう？　商売的にも、願ったり叶ったりのお相手だって」

「会っていません」

相馬は間髪を容《い》れず否定した。

「確かにそんな話はありました。ですが、俺はまだ妻帯など……仕事も忙しいですし、何より後見人として、姫様より先に結婚するつもりはありません」

予想できたはずの答えだったが、環の耳にはこう聞こえた。

「後見人として、姫様と結婚するつもりはありません」――と。

「そう」

鼻の奥がつんとし、閉じた瞼の裏が赤くなった。

泣きたいのか怒りたいのか、ぐらぐらと揺らぐ感情の正体がわからない。

一体、自分は何を期待していたのだろう。

まかり間違っても、相馬が自分で決めた分《ぶ》を越えて、環に手を伸ばすことなどありえないのに。

一方の環も、これまでの誇りや虚勢を捨てて、相馬を求めることはできなかった。そこまでして拒絶されたらと思うと、想像だけでもみじめで死にたくなる。

「だったら、お前は何をしてくれるの？」

あえて高慢に環は言った。

「私にふさわしい結婚相手を見つけてきてくれるのかしら？　あんまり長く厄介になるのは悪いと、これでも思っているのよ」

「俺は、いつまでもいてくださって構いませんが……姫様がその気になられたのでしたら」

相馬はうっすらと微笑んだ。

その笑みが寂しげに見えたのは、おそらく環の気のせいだ。

「来週の金曜、若手の実業者たちが顔を合わせる交流会があります。投資家や銀行家の知り合いもいますから、よろしければご一緒に」

そこで適当な男を見繕い、あわよくば結婚にまでこぎつけること。

それがきっと、お互いまっとうな人生を生きていくための「正解」なのだろう。

「来週ね。……いいわ、一応顔を出しても」

さほど興味もないふりで、環は頷いた。

自分から言い出したというのに、引導を渡されて恨むような気持ちになるのは、相馬にとっても理不尽なことに違いなかった。

❀　❀　❀

（ここが、ダンスホール――？）

目の前に広がる光景を、環はぽかんと口を開けて見つめた。

蓄音機が奏でるのは、バンドネオンの音色が情熱的に響く、異国情緒たっぷりのタンゴ。

天井いっぱいに電飾が張り巡らされた空間は、昼間よりも明るく、通っていた女学校の体育館ほどに広い。

そこにひしめくのは、手に手を取って踊る、たくさんの若い男女だ。

スーツにドレスという改まった装いのアベックもいるが、開襟シャツの男性にワンピース姿の女性というカジュアルな組み合わせも見られた。

なんにせよ、動きにくい和服を着ている女性は、一瞥した限りではほぼいない。

「……これは確かに、洋装で来たほうがよかったわね」

「お似合いですよ」

独り言のつもりだったのに、相馬がすかさず言うからどきりとした。

環は例の葡萄色のワンピースを着て、結い上げた髪にクロッシェ帽をかぶり、小物類を入れたビーズ刺繍のレティキュールを手にしていた。恰好だけなら、流行りのモガの一人に見えるかもしれない。

「だけど、こんなに脚を出すなんて……」

環は足元を見下ろし、呟いた。

ガーターベルトで留めたストッキングを身に着けていても、スカートに隠されていない膝下が、すぅすぅして落ち着かない。

「ここでは普通ですよ。立っているのがつらくなったらおっしゃってください。壁際に休憩用の椅子がありますから」

今夜の環が履いているのは、足首にストラップを巻きつける形の、爪先が尖った洋靴だ。相馬が選んでくれたものだから、さほど踵は高くないが、それでも普段とは勝手が違う。

ぎくしゃくした歩き方になる環を案じながらも、相馬は手を貸そうとはしなかった。

今夜の目的は、環に知り合いの男性を紹介することだからだ。ここで腕を組んでいたら、傍目《はため》には環が相馬の恋人のように見えてしまう。

わかってはいても、二人で銀座に行ったときのように、優しく支えてもらえないのが寂しかった。

あの日はどこにいても何を見ても、ふわふわした雲を踏むような心地で、いつまでも歩き続けられる気がしていたのに——。

「やぁ、相馬君も来ていたのか」

「久しぶりだな。二年間の洋行はどうだった？」

環が物思いに耽るうちに、数人の男性が寄ってきて相馬を取り囲んだ。全員が相馬と同世代で、物慣れた雰囲気だ。

「ご無沙汰していました。青木《あおき》さんもご健勝なようで。赤松《あかまつ》さんも、名古屋《なごや》に新しくできた支店の支店長になられたと、新聞で拝見しましたよ」

如才ない会話を交わす相馬を、環はやや驚いて見つめた。

使用人だった頃の彼は、どちらかといえば内気で、環以外の人の前ではあまり喋《しゃべ》ろうとしなかった。

こんなふうに、誰にでも愛想笑いを浮かべられるようになったなんて知らなかった。

「それにしても、相馬君が女性連れとは珍しいな。——そちらの美人さんは？」

青年の一人が、環に目を向けて尋ねた。

緊張する環の横で、相馬はよそいきの口調で、当たり障りのない説明をした。

「ご紹介します。小早川環さんです。僕が昔、お世話になっていた家のお嬢さんなのですが、事情があって今はうちに滞在してもらっています」

「ということはもしかして、相馬君の婚約者かい？」

「違いますよ」

当然予想される勘繰《かんぐ》りを、相馬は笑ってかわした。

「僕なんかには、とても釣り合わないほど素晴らしい女性ですから。ダンスホールに来るのも初めてで、今夜はちょっとした社会見学というところです。——そうですよね、環さん」

そんなふうに呼びかけられるのも初めてだった。

環は頷き、せいぜいしおらしく見られるように、

「小早川環です。初めまして」

と頭を下げてみせた。

「こんばんは。いやぁ、こんな綺麗な方とお近づきになれるなんて、今日はいい日だ！」

「僕は神林《かんばやし》といいます。画商をやっていて、相馬君とはいつも良い取り引きをさせていただいています」

「赤松です。父が赤松銀行の頭取で……今度ぜひ、お茶でもいかがですか」

周囲が一気に色めき立ち、こぞって自己紹介を始めた。環を美人だと誉めそやし、誘いをかける言葉は、あながち社交辞令だけでもないようだ。

その中でひときわ、印象の強い人物がいた。

「柳原貴志《やなぎはらたかし》です、初めまして」

一連の流れの最後に進み出たのは、少し癖のある髪を後ろに流した青年だった。目鼻立ちが西洋人のようにはっきりしていて、襟元にはネクタイではなく、琥珀の留め具がついたポーラー・タイを垂らしている。

「失礼ですが、環さんは小早川子爵家のご令嬢ではありませんか？」

出し抜けに問いかけられ、環の身は強張った。自分が没落した華族令嬢だと、彼は知っているのだろうか。

相馬が何事かを口にしようとしたが、環はそれを目で制した。

びくびくする必要も、庇い立てされる必要もない。ここで恥じるような態度を見せたら、それこそ小早川の名に泥を塗る――と、なけなしの誇りを掻き集めて胸を張った。

「ええ。そのとおりですが」

「ああ、やっぱり」

やや切り口上に返すと、柳原はぱっと破顔《はがん》した。

邪気のない笑顔に、環は肩透かしを食らったような気持ちになる。

「どこかでお名前を聞いたことがあるような気がしたのです。僕の父は伯爵で、貴族院の議員をしています」

「柳原――伯爵？」

環は瞳をぱちくりさせた。貴族院に名を連ねる伯爵の息子が、どうしてこんな場所にいるのだろう。

「僕は長男ですが、父の跡を継いで議員になるつもりはありません。最近、相馬君と同じく貿易会社を興したばかりで、いろいろと相談に乗ってもらっているんです。これからは華族といえど、既得権益に胡坐《あぐら》をかくばかりではなく、自主独立の精神で生き残っていかねばなりませんからね」

それは聞きようによっては、子爵位を返上する羽目になった小早川家への皮肉にとれなくもなかった。

しかし、こうも堂々と語られると、先見の明がある頼もしい言葉に聞こえるから不思議なものだ。

「踊りませんか、環さん」

いきなり手を取られて、環は戸惑った。

ここはダンスホールだが、まさか自分が踊ることになるとは思わなかった。女学校時代にはダンスの授業もあったけれど、ほとんど見学しかしていない。

「柳原さん。彼女はこういうところが初めてなので」

柳原の強引さを咎めるように、相馬が声を低くする。一瞬、周囲の空気がぴりりと張り詰めた気がした。

「そ……そうです。それに私は、少し足が悪くて」

こんなことまで言うつもりはなかったが、さすがに引き下がってくれるだろうと思った。けれど、柳原にはよく聞こえていなかったようだ。

「誰でも最初は初めてですよ。ほら、ちょうどいいタイミングだ」

「困ります……あっ！」

レコードの音が途切れ、次の曲が始まるわずかな隙に、柳原はフロアの中央に環を連れ出した。呆然としているうちに背中に腕を回され、顔の横で手を取られる。

幸いにというべきか、次にかかったのはテンポの遅いジャズだった。

緩慢な旋律に合わせて、柳原は環の体を左右にゆったりと揺らした。

「ステップを踏まなくても、こうしてスイングするだけで楽しいでしょう？　環さんが意識するほど、周りはあなたのことなんて見ていない」

「……見ていない？」

「ええ。小早川子爵のことも、一部では噂になっても、皆もう忘れています」

やはり、柳原は環の家の事情を知っていたのだ。当主が芸者とともに失踪し、多額の借金を残して、妻子が犠牲になった醜聞を。

黙り込んだ環を慰めるように柳原は言った。

「そんな顔をしないでください。あなたがどこの誰だろうが、僕はきっとこうしてダンスに誘っていました」

「どうして……」

「あなたが魅力的だからですよ、環さん」

柳原の口調に熱がこもった。

「あなたが一時は吉原にいたことも、その理由も聞いています。ですが、環さんは何も悪くない。とやかく言う輩《やから》もいるでしょうが、少なくとも僕は気にしません。過去がどうであれ、あなたは胸を張って毅然《きぜん》と立っている。それこそ華族の誇りというものです」

——何も悪くない。

——僕は気にしません。

——それこそ華族の誇りというものです。

彼の発する言葉のひとつひとつが、胸の傷を塞いで埋めてくれるようだった。

ずっと誰かにそう言ってほしかったのだと、環は初めて気がついた。

「ありがとうございます……私……」

「ああ、泣かないで。せっかくの美人が台無しです」

言葉を詰まらせただけで、涙は出ていなかったのだが、柳原はおどけた仕種で環の目尻を拭った。

「出会ったばかりで、こんなことを言うのは不躾だと承知していますが。環さんさえよければ、また会っていただけますか？」

「それは……」

どういう意味かとまごついていると、柳原は甘い笑みを浮かべた。

「あなたに交際を申し込んでいるんですよ。もちろん結婚を前提として。それとも、こういったことは、相馬君に許可を得ないといけないのかな」

柳原の視線につられ、環は後ろを振り返った。

ホールの壁を背にして、相馬は身じろぎもせずこちらを見ていた。どんな表情をしているのか、ここからでは遠くてわからない。

（――相馬がどう思おうと関係ないわ）

環は内心で呟き、相馬を視界から閉め出した。

関係ない。

相馬は環の後見人だが、それ以上の立場には決してならない。なろうとはしてくれないのだから。

「……光栄です」

環は恥じらうように瞼を伏せた。

自然と媚びた振る舞いをしている自分に嫌悪が湧いたが、それもすぐに飲み下した。

柳原のことは、まだほとんど知らない。嬉しい言葉をかけてくれたけれど、それだけで舞い上がるほど素直な性格はしていない。

ただ、このときの環は、ようやく駒を進められたと思った。

おかしな横道に入り込み、延々と停滞していた「女の一生」という名の双六《すごろく》で、やっと本筋に戻れたのだと。

こんな自分でもまだ、まっとうな道を歩く目は残されていたのだと。

環は視線をあげると、柳原に向けて微笑んだ。

「私もまたお会いしたいです。――これから、どうぞよろしくお願いします」

❀　❀　❀

四ツ谷の屋敷に続く坂を、黒塗りのT型フォードが蛇行しながら登っていく。少し前から一般的になった、流しのタクシーだ。

門の前で停まった車から降りると、環は窓越しに手を振る柳原に会釈《えしゃく》した。

「送ってくださってありがとうございました。今夜は楽しかったです」

「僕もですよ。また連絡します。おやすみなさい、環さん」

タクシーのエンジン音が遠ざかり、周囲に静けさが戻る。環は門をくぐり、建物までの距離を足早に歩いた。

時刻は夜の十時を回っている。家まで送り届けてもらったとはいえ、未婚の女が帰宅するには遅すぎる時間だ。

使用人たちも皆帰っただろうと思いながら、玄関ポーチを覆う庇《ひさし》の下に入る。

途端、暗がりでぬっと立ち上がった人影に、環の息が止まった。

「――おかえりなさいませ、姫様」

「な……何よ、びっくりするじゃない！」

そこにいたのは相馬だった。扉の前で直接座り込んでいたのか、ズボンに皺が寄っている。

「今日は遅くなるから、先に休んでてって言ったでしょう？　柳原さんが、お芝居を観に連れていってくださるからって」

「それでも、お帰りを見届けないことには心配なので」

「大丈夫よ。私だってもう子供じゃないんだし、柳原さんは紳士だわ」

ダンスホールでの出会いをきっかけに、柳原と交際を始めてから、そろそろ半月がたつ。

彼はとてもまめな男で、二日に一度は逢瀬の誘いがあった。相馬と同じく貿易会社を経営しているということだったが、現場は信頼できる部下に任せており、昼間も比較的自由に動けるらしかった。

夕食を共にしたことも何度かあるが、ここまで遅くなったのは初めてだ。今夜はレストランで食事をしたあと、柳原が出資しているという芝居を見物しにいったのだ。

帝劇のように大きな舞台ではなかったが、沙翁《セクスピア》の『ロミオとジュリエット』を下敷きに、登場人物が現代の日本に生まれ変わったら――という設定の演目自体は、それなりに面白かった。

柳原の連れということで、開演前の楽屋に入れてもらうこともできた。

ジュリエット役の朱乃《あけの》という女優がやたらと色っぽく、柳原と親しげなのが気になったが、出資者《パトロン》相手にはそれなりに愛想よくするものだろう。

うっかりしたのは、その楽屋でハンドバッグをなくしかけたことだった。

役者たちに紹介されているうちに、本番で使う小道具と勘違いした誰かが、舞台袖に持っていってしまったのだ。

もちろん終演後には返してもらえたし、なくなっているものもなかったが、不快な思いをさせて申し訳ないと、劇団員のみならず柳原も謝ってくれた。

そんな騒動があったせいで余計に遅くなったのだが、相馬は玄関前で環の帰りをずっと待っていたらしい。

「私のことはいいから、ちゃんと休んで。あんなことがあったばかりで……傷だって、完全には塞がってないんでしょう？」

環は、相馬の腕にそっと触れた。

今夜も暑いのに、相馬が背広の上着まで着込んでいるのは、左腕に大きな怪我を負っているからだ。

包帯が見えると環が痛ましい顔をするので、なるべく目に触れないようにと心がけているようだった。

「本当に肝が冷えたんだから」

「ご心配をかけて申し訳ありません」

「犯人はまだ捕まらないの？　警察は何をしているのよ」

思い出すと、今でも背筋が凍る。

相馬が暴漢に切りつけられたという連絡が入ったのは、一週間前の深夜だった。

その日、相馬はたまたま会社に泊まり込んでいた。経理の責任者が体調を崩し、急を要する処理が滞っていたので、社長である彼自ら、溜まった仕事を片付けていた。

ひととおりのことを終わらせ、来客用の小部屋で仮眠を取っていた相馬は、ふと気配を感じて目を覚ました。

隣の社長室から、かすかな物音が聞こえたのだ。

物盗りかと思い、ひとまず外に出て通報しようとしたとき、ちょうど社長室から現れた何者かと鉢合わせた。

周囲は暗く、侵入者の顔は覆面で隠されており、体格から男性だということしかわからない。

相手も驚いたらしく、奇声をあげ、何かを振りかざしながら相馬に突進してきた。目を射る光が刃物のそれだと悟った瞬間、相馬はとっさに左腕をかかげて顔を庇った。肘から手首にかけての皮膚が裂け、鮮血が散って、犯人は慌てて逃走した。傷口をハンカチで縛った相馬は、自分の足で近くの病院に向かった。

そこから屋敷に電話が入り、留守番を頼まれていた新田が報《しら》せを受けた。環が事件について知らされたのは、その翌朝だ。

幸い、怪我自体は命にかかわるものではなかったが、犯人は今も見つかっていない。社長室の机やキャビネットは荒らされていたが、現金の入った金庫は手つかずで、それも不可解な話だった。

その後、相馬は怪我を押して出社を続けたが、部下たちからこぞって心配されていた。屋敷の使用人たちも、当然環もだ。

「こんなときくらい、仕事を休めないの？」

「もうすぐ休暇ですから、そのときは療養に専念しますよ」

相馬の会社では、お盆の前後ひと月のうちに、社員が交替で夏季休暇を取る規則になっていた。相馬は八月の末日から三日間だけ、仕事を休むことが決まっている。

(本当は、こんなときに遊び歩いてなんかいたくないのに……)

環は内心で溜め息をついた。

今夜の柳原の誘いも、できるなら断りたかったのだ。

事件のことを話すと彼は深く同情し、環を通じて相馬宛てに見舞い金を寄越した。

それだけなら素直に感謝できたのだが、

『相馬君は若くして成功したやり手だから、敵も多いんでしょう。心配になるのはわかりますが、こんなときこそ気晴らしが大切ですよ』

と、環をより頻繁に連れ回すようになった。おそらくは善意からなのだろうが、柳原のそういう強引なところが、最近は少し苦手だとも感じている。

だが、そんな不満を抱くのは、贅沢が過ぎるというものだ。

柳原は羽振りがよく、いわゆるバタ臭いハンサムだ。エスコートが必要な場で腕を組むくらいはするものの、環を大切にしてくれているのか、接吻やそれ以上の行為を求めてくることはない。

何より、彼は伯爵家の嫡男でもある。

こんなふうに考えるのは打算的だとわかっているが、柳原の妻になれば、環は再び華族の身分を取り戻すことができる。小早川家の再興とまではいかずとも、母も草葉の陰から安心してくれるだろう。

いずれ柳原の家族にも紹介されて、正式な婚約を取り交わすことになるはずだ。

そうなれば、相馬と暮らせるのもあとわずかかもしれない。

こんなふうに帰りを待っていてくれることも、柳原のもとに嫁げばなくなるのだ。

ふいに寂しさが衝《つ》き上がり、環は「そういえば」と口にした。

「柳原さんが教えてくださったんだけど、那須《なす》のほうにいい温泉があるんですって。昔、戦で怪我をした武士が湯治《とうじ》に通ったって評判の。『よかったら宿を手配しますから、相馬君と行ってみてはどうですか』っておっしゃってくださったのよ」

「……柳原さんが？」

相馬の眉間に皺が寄った。

「俺と姫様の二人で、温泉に？　――何を考えているんですか、あの人は。結婚を前提とした交際じゃなかったんですか」

「私たちのことを信頼してくださっているのよ」

正直、環も話を聞いたときは、「何を言い出すのだろう」とぎょっとした。もしや相馬との秘めた関係を知っていて、揺さぶりをかけているのかとも疑った。

だが柳原は、あくまであっけらかんと言った。

『怪我人の相馬君には、付き添いが必要でしょう。もちろん部屋は別に取りますし、あの真面目な相馬君が間違いを起こすとも思いませんから』と。

これまでのことを考えれば後ろめたさしか覚えなかったが、環が相馬にこの件を告げたのは、それなりのわけがある。

柳原と付き合いだして以来、夜毎の「入眠儀式」は一切なくなっていたからだ。

どちらかから、やめようと言葉にしたわけではない。

ダンスホールから帰る車の中で、柳原に交際を申し込まれたことを伝えると、相馬は硬い表情で『そうですか』と言った。

それきり黙り込んでいるので、反対なのかと尋ねても、

『姫様がそれでいいと決められたなら、俺は何も言いません』

と頑なな態度を崩さなかった。

相馬が離れに忍んでこなくなったのは、その夜以来だ。いまさらという向きもあるが、環に特定の相手が現れた以上、互いに身を慎むのは当然のことだ。

それでも環は、言いようのない寂しさを覚えた。

柳原との交際を決めたのは自分なのに、相馬に呆れられ、見捨てられたように感じた。伯爵夫人の地位に目がくらみ、見栄のために媚びを売る浅薄な女だと蔑まれている気がするのは、他でもない環自身がそう思っているからだ。

言い訳なんてひとつもできない。

結局のところ、環は母の呪縛からいまだに逃《のが》れられていなかった。「華族だった自分」以外、よりどころにできるものは何もなく、ただの環という一人の人間として、どう生きていけばいいのかわからない。

もしも足を悪くしなければ、日舞を続けていたかもしれないが、それだって師範になれるかどうかは怪しかった。そもそも稽古に熱心だったのは、踊る環を見るのが好きだと、相馬が褒めてくれたからなのだ。

(相馬、相馬、相馬、相馬――……私が喜ぶのも怒るのも不安になるのも、相馬に関することばかりだわ)

いい加減、認めるしかなかった。降参だ。

自分は相馬が好きで、叶うならずっと一緒に生きていきたかった。

けれどそれは、彼も同じ気持ちでいてくれればこそだ。

相馬も彼なりに環を想ってくれているのだろうが、こちらが望む愛情とは、常にどこかずれている。

肌を晒しても、快感を与えあっても、関係は何も変わらなかった。物理的な距離が近づくほど、肝心のところで立ちはだかる壁の存在を感じるばかりだ。

こんな状況はきっと、どちらのためにも良くはない。

井津元は今も、相馬の縁談をまとめたくてやきもきしているのだろうし、幸い環にも、脛《すね》に傷持つこの身を望んでくれる人が現れた。

そういえば、いつだったか母が言っていた。

衣《ころも》替えを手伝っていたとき、父の着物を畳みながら、ふいにぽつりと呟いたのだ。

『覚えておきなさい、環。想っても応えてくれない人を追うよりも、相手に請われて嫁ぐことこそが、女の幸せなのですよ』と。

あのとき、環はどきりとした。

両親の仲は冷え切って、互いに何も期待していない形だけの夫婦だと思っていたのに、もしかしたら母のほうはそうではないのかもしれないと。

だとしたら母はどうやって、己を顧みない夫への気持ちに折り合いをつけたのだろう。じくじくと膿《う》んで塞がりきらない瘡蓋《かさぶた》のような相馬への未練を、自分はどうやって断ち切ろう。

「――行きましょうよ、温泉」

「本気ですか？」

繰り返す環に、相馬は当惑を深めているようだった。

「姫様が、そこまで温泉が好きだとは知りませんでした」

「好きかどうかはわからないわ。一度も行ったことがないんだから」

相馬が追い出されたあと、小早川家は坂を転がるように窮乏していったから、旅行に行く余裕などなかったのだ。

「そういう相馬はどうなの？」

「俺もないですね。ずっと勉強と仕事で忙しかったので」

「だったらちょうど休暇に入るんだし、傷の治療も兼ねて行くべきよ。温泉卵や温泉饅頭っていうものも食べてみたいわ」

「姫様がそこまでおっしゃるなら……」

あえて子供っぽくはしゃいでみせると、相馬は観念したように言った。

「ただし、行き先と宿は俺が決めます」

「え？」

「柳原さんの世話にはなりません。正式に婚約なさるまでは、姫様の後見人は俺ですから。姫様をエスコートするのは、まだ俺の役目です」

「……そう」

息苦しくなる喉元を、環はそっと押さえた。

この旅行を最後に、相馬との思い出をたくさん作って、そのあとはきっぱりと前を向く。そのつもりだったのに。

(駄目かもしれない……)

彼の目を見つめるだけで、こんなにも切なさが掻き立てられるようでは、先が思いやられるばかりだ。

と、ふいに肩を強く押されて、環は玄関扉に背中をぶつけた。

衝撃に息が詰まり、次の瞬間には大きく鼓動が跳ねる。

扉に両手をついた相馬が、息がかかるほどの距離から、覆いかぶさるように環を見下ろしていた。

「な……何……？」

「下を見ないで。じっとしていらしてください」

「え？」

そう言われると、何があるのかと逆に気になってしまう。

相馬が、重心を片側に移すような動きをした。

言いつけを破って視線を落とし、環はぎょっとした。

ポーチライトの淡い光を反射する、相馬の革靴。

その靴の下でじたじたともがいているのは、半死半生の蜘蛛だった。

環の掌ほどにも大きな、茶褐色の脚高蜘蛛《アシダカ》。その腹部が潰され、ねちゃねちゃする体液にまみれた頭部だけが蠢いている。

横並びになった複数の眼に凍りついた途端、相馬の靴は、その頭も容赦なくぶちゅっと踏みにじった。

「ひっ――」

「だから見てはいけないと言ったんです」

ぐり、ぐり、ぐり。

蜘蛛の死骸を執拗に踏み潰しながら、相馬が呟く。

「急に突き飛ばして失礼しました。この蜘蛛が、足元に這い寄ってきていたので。姫様に害なすものを、近づかせるわけにはいきませんから」

そう語る相馬は無表情で、とっくに息絶えた蜘蛛を嬲る動きは止まらない。

どこか病的なものを感じて、蜘蛛そのものよりも、彼自身のほうがよほど恐ろしかった。

「も……もういいわ……靴が汚れるでしょう……」

「靴が？」

「そうよ……だって」

この屋敷は洋館で、靴を履いたまま中にあがるのだ。

ばらばらになった脚や、血とも内臓ともつかないものがこびりついた靴で室内を歩き回れば、どんなことになるか考えたくない。

「――確かに。汚れたものは、もう必要ありませんね」

相馬が静かに言って、瞼を伏せた。

その場で両足ともに靴を脱ぎ、靴下だけの裸足になる。

「明日になったら片付けておきます。そろそろ中に入りましょう」

扉を開けた相馬は、冷たそうなタイルをぺたぺたと踏んで、玄関ホールを進んでいく。

足元以外は、三つ揃いのきっちりした恰好をしているだけに、余計に異様さが際立った。

「姫様？　どうしましたか？」

動けないでいる環を、相馬が振り返った。

「う……ううん……」

なんでもないというように首を振り、ようやく相馬のあとを追う。

こんなのはただの連想。考えすぎだ。

玄関先に並べて脱がれた、一足の靴。

それがまるで、死出の旅に出る人が遺したもののように見えたなんて。

縁起でもないと我が身を掻き抱いた環は、一人で笑おうとした。

蜘蛛を踏み潰した相馬の、感情の消えた目を思い出して、唇も頬も硬く強張ったままだった。

六　ねじれる想い

温泉地としての箱根《はこね》の歴史は、古くは奈良時代まで遡《さかのぼ》る。

当時の疫病を鎮《しず》めるために派遣された僧が、この地で祈禱を行ったところ、岩が裂けて湯が噴き出した。その湯に浸かった病人は、たちどころに癒えたという伝説が残っている。

江戸時代にも多くの庶民が湯治に訪れ、明治になると福沢諭吉《ふくざわゆきち》や山口仙之助《やまぐちせんのすけ》らの尽力によって、道路と鉄道の整備が進んだ。近頃では三年前から、東京と箱根間を往復する大学駅伝も始まっている。

——八月三十一日。

電車に揺られ、箱根湯本《はこねゆもと》の駅舎に降り立ったところから、環は空気が違うことを感じた。東京は残暑が厳しいのに、周囲に緑が多いせいか、吹き抜ける風がとても涼しい。

駅からは、宿の人間が手配してくれた自動車に乗った。車窓から山深い道を眺めていると、旅情が掻き立てられ、遠くに来たのだと実感する。

相馬が選んだ宿はさほど大きくはないものの、渓谷にかかった吊り橋の先に建つ、隠れ家めいた和風旅館だった。

「いらっしゃいまし、お待ちしておりました。遠いところ、お疲れでしたでしょう」

四十半ばほどの女将は、一見そつのない笑顔を浮かべていたが、勘繰《かんぐ》るような眼差しを隠しきれていなかった。

宿帳に記された名前を見れば、環たちが夫婦でも兄妹でもないのは明らかで、部屋も一室ずつの予約をしている。

「婚前旅行なんです」

何かを訊かれる前に、環は秘密めかして告げた。

相馬が驚いたようにこっちを見たが、女将に向かってにこやかに微笑む。

「この秋には式を挙げる予定なんですが、そのあと彼の転勤で、関西のほうに移るものですから。その前に一度、箱根に行っておきたいねって二人で話し合って」

「まぁまぁ、そうなんですの。それはおめでとうございます」

女将は得心がいった様子で頷いた。結婚するまでは節度を守る純朴な若者たちを、祝福するかのように。

「ご用意させていただいたお部屋は、特に眺めがよろしゅうございますよ。お荷物を置かれたあとは、お食事の時間まで、このあたりを散策なさったらいかがですか。お部屋に地図も用意してございますから」

「ありがとう。そうします」

二人の若い仲居が現れて、それぞれの荷物を持ってくれた。部屋に案内される途中の廊下で、相馬は小声で囁いた。

「どうしてあんな嘘を……」

「そのほうが話が早いじゃない。道ならぬ恋の果てに、思いつめて心中しに来たアベックだとでも思われたら厄介だもの」

「どうしてそんな発想になるんですか」

「私だって、たまには大衆小説くらい読むのよ」

困惑する相馬を見ていると、なんだか面白くなってきた。環はくすりと笑い、悪戯っぽく提案した。

「ここにいる間は『環さん』って呼んでいいわ」

「それは……」

「婚約者なのに『姫様』は変でしょう？　私も『圭吾さん』って呼ぶことにするわね」

旅先の解放感から、浮かれているという自覚はある。相馬が何かを言う前に、仲居が「こちらです」と足を止めた。

環と相馬の部屋は、隣同士だった。ひとまず彼と別れて中に入ると、一人で使うには広すぎる和室の空間が広がっていた。

明け放した障子の向こうには広縁があり、低い卓を挟んで一対の椅子が置かれている。旅館自体が山間《やまあい》に建っているため、窓からは風光明媚《ふうこうめいび》な渓谷が見渡せた。青々とした木々の枝葉は、あと三月《みつき》もすれば紅葉して、山肌一面に錦繍《きんしゅう》を広げたように見えるだろう。麓《ふもと》には澄んだ沢が望め、さらさらと水の流れる音が耳に心地よかった。

想像していたよりも、ずっと素敵な土地だ。仲居が下がったあとも景色に見入っていると、背後から声がかかった。

「姫様」

振り返ると、部屋の入口で相馬が佇んでいる。

「夕食の時間まで街を巡ってみますか？　それとも、先に湯を浴びられますか？」

「昼間なのにもうお風呂に入るの？」

「俺も聞きかじりですが、温泉に来たからには宿にこもって、食事と入浴以外のことは何もせずに過ごすというのも、醍醐味のひとつだそうです」

「贅沢なのか、もったいないのかわからないわね。せっかくここまで来たんだから、私は外も歩いてみたいわ」

「ならお供します。そういえば、温泉卵を召し上がりたいとおっしゃっていましたね」

「それも楽しみだけど、さっきの約束を忘れたの？」

環はつかつかと歩いていき、両手を後ろに組んで相馬を見上げた。

「この先、『姫様』って呼んだら、私は返事をしないから」

「……約束なんてしていませんよ」

「いいじゃない。ねぇ、圭吾さん。私のことも呼んでみて」

ふふっと笑ってねだると、相馬は肩を落とし、溜め息混じりに言った。

「わかりました。では行きましょう――環さん」

「はい」

自分でねだっておきながら、くすぐったい心地になる。

以前にもダンスホールでそう呼ばれたことはあったが、あれは相馬の知り合いの手前だった。二人きりでこんなことをしていると、本当に夫婦か恋人になったかのようだ。

相馬と連れ立って温泉街を巡っていると、その錯覚はますます強まった。

観光客のごった返す通りをそぞろ歩き、ところどころにある足湯に並んで浸かる。湯の効能なのか、歩きすぎると痛む右足も、今日はずっと調子が良い。

楽しみにしていた温泉卵は、もうもうと湯気をあげる外湯に、籠に入れた卵を沈めて作られるものだった。

床几《しょうぎ》に座り、熱々の殻を苦労しつつ剝けば、中身はとろりとした半熟卵だ。零れないよう慌てて口をつけると、舌を火傷しそうになったが、普段食べる卵よりもずっと濃厚な風味が広がる。

「美味《おい》しい……！」

「確かに。少し燻製《くんせい》のような香りもしますね」

手焼きの煎餅《せんべい》や温泉饅頭、串に刺さった蒲鉾《かまぼこ》など、食べ歩きに適した品もたくさんあった。最初は行儀が悪いようで躊躇ったが、旅の恥は掻き捨てだと思い切り、店先でぱくぱくと齧《かじ》りつく。

「あんまり食べ過ぎると夕食が入りませんよ」

「だって美味しいんだもの。圭吾さんも食べてみて？」

半分に割った饅頭を口元に差し出すと、相馬は戸惑いつつも口を開け、味わうようにじくりと嚙み締めた。

「……餡《あん》もいいですが、皮もいいな。俺はこれくらい薄皮なのが好きなんです」

「私もよ」

些細なことでも共通点を見つけて、嬉しくなる。

(婚約者のふりなんだから、少しくらいはいいわよね？)

環は高揚した気持ちのまま、相馬の怪我をしていないほうの腕にしがみついた。一瞬、身を固くされたのが伝わったが、

「次は、あそこのお店を見てみたいわ」

と土産物屋のほうに引っ張っていく。杖代わりにされていると思うことにしたのか、相

馬は諦めたように従った。

　そのうちに日も暮れてきたので宿に戻ると、ほどなく夕食の準備が整えられた。一人で食べるのは味気ないので、相馬の部屋のほうで一緒にとることになっていた。

「こんなにたくさん食べられるかしら」

　刺身に天麩羅《てんぷら》。胡麻豆腐と湯葉の吸い物。茶碗蒸しに、旬の焼き鮎《あゆ》に、緑が鮮やかな野沢菜の混ぜご飯。

　ずらりと並んだ料理を前に、買い食いに夢中になったことを早くも後悔していると、相馬が言った。

「時間をかけて、少しずついただきましょう。――こちらは飲まれますか？」

　豪華な膳《ぜん》には、銚子《ちょうし》に入った酒も添えられていた。食事を運んでくれた仲居によれば、このあたりの地酒で、土産に買っていく客も多い人気の銘柄であるらしい。

「先日、お誕生日でしたでしょう」

　出し抜けに言われて、環は虚をつかれた。

「……覚えててくれたの？」

「もちろんです。二十歳になられたのですよね。おめでとうございます」

　環の誕生日は、八月の十四日だ。

　世間はお盆の準備でばたばたしている頃だし、学校は夏休みの最中で、子供の頃から環には、生まれた日を祝ってもらうという習慣がなかった。

先日の十四日はちょうど柳原と会っていたが、今日が誕生日だということを、環は言い出せなかった。

彼とは出会って間もないし、すでに充分よくしてもらっている。自分からそんなことを告げるのは、何か特別なことをしろと催促《さいそく》しているように思われそうで気が引けた。

相馬にしても、その日は仕事の帰りが遅く、顔を合わせもしないまま就寝した。

その後も特に何かを言われることはなかったから、すっかり忘れられているものだと思っていたのに。

「遅くなりましたが、これを」

相馬は姿勢を正し、懐から何かを取り出した。

千鳥模様の和紙で包装された、掌に載るほどの小箱だ。

受け取って、息を詰めながら包みを解く。

蓋を開けた先にあったのは、一寸に足りない小ぶりな帯留めだった。

象《かたど》られた花の形に、環はあっと声をあげた。

「これ……西洋スミレね……？」

可憐な紫色の花は、釉薬《ゆうやく》を纏った七宝細工で、虹色の光沢を放っていた。中央には真珠と金粉があしらわれており、愛らしいのに品がある。

ふっと、指先に乾いた花弁の感触が蘇った。

――昔、相馬が環に残した、沓脱石《くつぬぎいし》の上の一輪の花。

あの西洋スミレを、自分は押し花の栞にして、捨てられずに持っていた。

彼がいなくなったあとも、吉原に売られることになったときも――文机の奥にしまった日記帳に挟まれて、あの栞はまだ手元にある。

「今もお好きならいいのですが」

唇を噛みしめる環を前に、相馬は不安そうだった。気に入らないものを贈ってしまったのではないかと、またいつものように顔色を窺っている。

それを卑屈だとも鬱陶しいとも、もう思わなかった。

「……好きよ」

潤みかける瞳を、環は瞬きで誤魔化した。

「ずっと好きよ……ありがとう……」

環がこの花が好きだったことを、相馬は覚えていてくれた。

帯留めの意匠には様々なものがあるが、西洋スミレというのは珍しい。

わざわざ探してくれたのか、あるいは特注で作らせたのか――どちらにせよ心遣いが嬉しくて、最初で最後になるだろう彼からの誕生日プレゼントを、いつまでも大事にしようと思った。

「お酒、少しだけいただくわ」

照れ臭さを誤魔化すように、環はお猪口《ちょこ》を突き出した。銚子を手に取りながら、相馬が心配そうに尋ねる。

「本当に大丈夫ですか？」

「自分から訊いてきたくせに、何よ」

「お酒を飲まれるのは初めてですよね。気分が悪くなったら、すぐにおっしゃってください」

「案外強いかもしれないわよ。父様は底なしの酒豪だったし、借金を重ねてまで、あちこちで飲み歩いてたんだもの」

行方知れずの父について軽口を叩けたくらいなのだから、このときの自分はよほど舞い上がっていたのだろう——と省みる余裕ができたのは、後日のことだ。

このあとしばらく、環の記憶は途切れ途切れになる。

傍目《はため》には、まともな受け答えができていたそうだ。初めての酒の味に「案外いけるわ」と頬を緩ませ、もう一杯、あと少しと杯を重ねた。

なんだかんだ言いながら料理もほとんど口にして、充分にお腹がくちくなってから、自分の部屋に引き上げた。

仲居が敷いてくれた布団を見て、このまま眠ってしまえれば気持ちがいいのにと思ったことは、なんとなく覚えている。けれどそれでは、せっかく箱根に来た意味がないと思い直したことも。

おそらく、鼻歌でも歌いながら湯殿に向かったのだろう。その頃になるとますます記憶が曖昧で、肝心の温泉の様子はほとんど覚えていない。

硫黄の匂いのするお湯に浸かって、環の酔いは一気に回った。

それまでも相当に酔っていたのだろうが、顔に出ない体質だったのが災いした。

血中を巡る酒精《アルコール》にぼんやりして、押し寄せる眠気にうとうとして、声もなく湯の中に沈み込んで――気づいた他の客が慌てて引き上げ、宿の者を呼びにいった騒ぎも、環にとっては夢うつつだった。あと少し発見が遅れていたら、本当に溺れ死んでいたかもしれない。

周囲に多大なる迷惑をかけたのも知らず、環はずっと夢を見ていた。

母が出てくる悪夢ではない。

今は人手に渡った小早川家の屋敷で、扇を片手に一人で舞う夢だ。

板戸を開け放った部屋は白々と明るく、庭からそよぐ風が柔らかく頬を撫でる。

嫌いなはずの桜がはらはらと散って、春の光に溶け込む光景を、このときばかりは綺麗だと思った。

纏っているのは稽古用の着物ではなく、目にも眩しい白無垢《しろむく》だった。

自分は今日、嫁ぐのだ。

昔からずっと好きだった人のもとに。

心は彼だけを求めていたのに、長い間素直になれずに、ずいぶん遠回りした。

ひどい言葉をぶつけた気もするし、手をあげたこともあったかもしれない。

けれど、彼は環の本心を汲んでくれて、いつも見放さずにいてくれた。つらいときに駆けつけて助けてくれた。長年の初恋は、ようやく成就したのだ。

愛しいその人のことを想い、環は一心に舞う。

踊る姿が好きだと言われたことを思い出して、小首を傾げ、腰を落として、しずしずとした摺《す》り足で。

怪我をしたはずの右足は、少しも痛まなかった。

何もかもなかったことなのだ――……と、紅を引いた唇が微笑した。

桜の木から落ちて、癒えない傷を負ったことも。

その責めを負わされて、追い出された使用人がいたことも。

父が失踪したのも、母が死んだのも、屋敷を取られたのも、すべて幻。

本当の自分は両親に愛される娘で、こんなに立派な花嫁衣装を用意してもらえるくらいに裕福で。

疵物でもない、誰に後ろ指をさされることもない、幸福な華族令嬢。

――ほら、もうそこに彼が来ている。

溢れる光を背負い、歩み寄ってきた背の高い人影が、こちらに向けて手を伸ばす。舞扇を投げ捨て、打掛けの裾を引きずって、環は軽やかに駆け出した。弾む胸を押さえた拍子に、指が帯留めに触れた。

白一色の衣装の中で、可憐に咲いた紫の西洋スミレ。

格式からすればおかしいけれど、これでいいのだ。

環は精一杯に腕を伸ばした。

力強く手を握られた瞬間、生まれて初めてと言い切れるほどの多幸感に満たされた。

連れていって。

攫っていって。

すべてを忘れて抱きしめて。

——今度こそ、あなたのものにして。

❀　❀　❀

「……姫様！」

意識が浮上した瞬間、大きな声で呼ばれて環は目を開けた。

行燈型の照明が淡く灯る部屋。背中に当たる布団の感触がいつもと違って、箱根の宿に来ているのだと思い出す。

夕食で美味しいお酒を飲んで、とてもいい気分になって、熱い湯に浸かって、それから――。

「よかった……気がつかれて……」

浴衣に丹前《たんぜん》を羽織った相馬が、泣き出しそうな顔で環の手を握っていた。

夢の中で摑まれたのと同じ感触だった。

「……私……どうしたの……？」

「風呂場で溺れかけたんです。覚えていませんか？」

相馬から事情を聞かされて、環は啞然とした。

湯船から引き上げられた環は水を吐かされ、念のために医者も呼ばれた。結果的に大したことはないと診断されたので、偽りの婚約者である相馬の部屋に運ばれ、介抱されていたというわけだ。

「俺が気づかずに、飲ませすぎたのがいけませんでした。申し訳ありません」

「ううん……私も調子に乗ったから……」

深々と頭を下げられ、環は気まずい思いで繫いだ手を引っ込めた。

直前まで見ていた優しい世界が嘘だったことに、内心で落胆していた。冷静になってみれば、あまりに恥ずかしくて都合のいい夢だ。

けれどあれで、自分の本心に気づかずにはいられなかった。

（――私は、やっぱり相馬が好きなんだわ）

こんな気持ちのまま柳原と結婚するのは、不誠実極まりない。

華族同士の政略結婚なら互いに利もあるが、現状では、環のほうから彼に返せるものは何もない。心さえ明け渡すことができないのに、柳原を騙して安定した生活を望むのは、やはり間違っていた。

環は布団の上で身を起こした。

暗い顔で沈んでいる相馬に、心配をかけたことを改めて詫びようとしたときだった。

「姫様に万一のことがあれば、柳原さんにも申し訳ありません」

ちょうど彼のことを考えていたところだったので、環は面食らった。

「どうして柳原さんのことを気にするの？」

「当然でしょう。姫様はあの方と結婚なさるのですから、無事にお返ししないことには」

「返すって……」

自分は質草か何かなのかと、ついむっとしてしまう。

その勢いのまま環は告げた。

「柳原さんとのお付き合いは、これまでにするわ」

「え？」

「この旅行から帰ったら、お詫びに行くつもりよ。ずいぶんよくしていただいたのに申し訳ないけれど、結婚はできませんって」

「何をおっしゃっているんですか？」

相馬が眉をひそめて呟いた。

「柳原さんは伯爵令息ですよ？　あの方に嫁げば、姫様はいずれ伯爵夫人になって、一生安泰な生活ができるんです」

相馬の言葉に、環は嫌悪感を掻き立てられた。

彼にというより、少し前まで同じことを思って、打算的に生きていた自分に対してだ。

「そうよね。わかってる。だけど、やっぱり違ったの。私は――」

環はそこで言葉を切った。

「……本当に困った姫様ですね」

相馬が眉間を揉み、嘆くような溜め息を洩らしたからだ。

「そうやっていつも、思いつきでころころと……お言葉を承知で申し上げますが、あまり周りを振り回すものではありませんよ。相手が俺ならいいですが、普通の男は怒ります」

珍しく諌《いさ》めるように言われて、環は当惑した。

確かに自分の仕打ちは、身勝手でひどいことだけれど。

「だから、柳原さんには謝るって……」

「ああ――でも、そうですね。それもいいかもしれません」

相馬は考え込むように独りごちた。

「柳原さんよりも姫様にふさわしい男性は、きっと他にもいるでしょう。伯爵夫人でご不満なら、侯爵夫人を目指すというのでも。時間はかかるかもしれませんが、姫様のためなら、俺は手を尽くしてお探しします」

「っ……そんなこと言ってないでしょう!?」

環は思わず叫んでいた。

鈍い鈍いと思っていたけれど、誤解が過ぎるにもほどがある。

「伯爵の立場が不満なわけでも、柳原さんが悪いわけでもないわ。だけど、あの人とは結婚できない。だって」

――相馬が好きだから。

言葉が喉に詰まって、環は浴衣の袂《たもと》をぎゅっと摑んだ。

突如として不安に襲われ、指先が冷たくなる。

人の心は不確かで、うつろうものだ。

相馬の目に映る自分が、そんなにも欲深に見えているのなら――彼はもはや、環のことを本当に軽蔑しきってしまったのかもしれない。

「どうしましたか、姫様？」

「相馬は……」

何度も唾を飲み下し、環は恐る恐る口にした。

「前に言ったわよね――『姫様だけを、お慕いしていましたから』って」

「言いました」

「それは、今も？」

「はい」

少しの躊躇《ちゅうちょ》もなく相馬は認めた。

ほっとしたのは一瞬で、あまりにも自然に頷かれるものだから、余計に焦れったさが募った。

「だったら私が、他の人のところに嫁いでも平気なの？」

問い詰めるというよりは、すがりつくような口調になってしまった。

そんなことを訊かれるとは思っていなかったのか、相馬は瞬きした。

「……俺は」

自身の思考に沈むように、その瞼が伏せられる。

「俺は……この数ヶ月、姫様と暮らせて幸せでした。昔のようにお声をかけていただけるだけで嬉しかったし、毎日、家に帰るのがとても楽しみだった」

「だったら、なんで」

「改めて思い知ったんです。あなたは、俺なんかが触れてはいけない人でした」

わかっていたのに——と相馬は自嘲した。

「ご実家が零落しても、吉原に売られても、姫様の気高さは変わらなかった。失礼ながら世間知らずなところも、俺にとってはそのままでいてほしい魅力でした。何もできない姫様のままなら、俺がずっと囲っておける。この手の中で守って差し上げられる。姫様の幸せを願うふりをしながら、そうやって、ずっとあの家に閉じ込めて……できる限り、そんな生活が続けばいいと祈っていました。けれど」

相馬の瞳が、危うい熱を帯びて揺らいだ。

「あなたは、あまりにも魅力的な花なんです。決して手折《たお》ることはできないのに、見つめているだけでは満足できずに、匂いを嗅いで、花弁に触れて、蜜を啜らずにはいられないほどに」

なんの喩《たと》えであるのかは、すぐに察した。

入眠儀式と称して、夜毎に繰り返した淫らな行いについてだ。

「そんなことは絶対に許されません。俺はすでに一度、その花に傷をつけているのに。姫様が足を引きずって歩くのを見るたびに、俺は自分の罪を思い知らされました。二度とあんな過ちを犯してはいけないのに、このままあなたのそばにいれば、その戒めを破ってしまいそうで」

だから、他の男のもとに嫁がせるというのか。

嫌われたわけではないのだとわかって、肩から力が抜ける。

「姫様の害になるくらいなら、いっそ俺は、あの家を出るべきなのかもしれません」

「……出ていくというのなら、私のほうでしょう」

思いつめたような相馬の言葉に、環は苦笑した。

「あの家は相馬の家なんだから。そんな道理もわからないの？　――馬鹿ね」

罵倒にしては弱々しい声音に、相馬が戸惑った顔をした。

馬鹿だ。本当に。相馬も自分も。

何度も同じことの繰り返し。互いにあるべき立場にこだわって、理屈を捏ね回してばかりいる。

一度だけ、試してみようと環は思った。

言葉で伝えようとすれば、きっとまたねじれてしまうから。

さっきの夢の中でのように、己の心が欲するものに、まっすぐに手を伸ばして。

相馬の衿《えり》を引き寄せると、環は伸びあがって顔を寄せた。

（女のほうから、こんなこと……――）

精一杯の勇気を振り絞っても、心臓が騒ぐ。

相馬の瞳が見開かれ、吐く息が環の皮膚を湿らせた。

ふたつの唇が重なろうとする刹那、相馬は我に返ったように大きく顔を背《そむ》けた。

「いけません……！」

「――っ」

相馬が身を引いたせいで、支えをなくした環は布団に倒れ込んだ。長い髪が乱れて視界を覆い、目の前が暗くなる。

拒絶された悲しみと羞恥が、胸をずたずたに引き裂いた。

もはやどうにでもなれという気持ちが、叫びになって口をついた。

「意気地《いくじ》なし！」

ここまでしてもはぐらかそうとするなんて、許せない。

環は全身で相馬にぶつかり、体重をかけて押し倒した。

「姫さ……――」

腰の上で馬乗りになられ、相馬が硬直する。

強張ったその顔を見下ろしながら、環は地を這うような声で吐き捨てた。

「――気持ち悪いのよ。人のことを、勝手に花なんかに喩えて」

自分は人間だ。感情も欲望もある、生身の女なのに。

「何が『戒めを破ってしまいそうで』よ。どうせ、お前にそんなことできやしないんだわ。ぐじぐじして、うじうじして、自分だけが悩んでるような顔をして」

「姫様、落ち着いて……どいてください、お願いですから……」

相馬の声が上擦った。

やけに視線が泳いでいると思ったら、環の浴衣は、裾も胸元も大きくはだけているのだった。下着をつけていない脚の奥は覗けているし、ふたつの乳房も今にも零れ出てしまいそうだ。

同時に環は異変に気づく。

自分の臀部《でんぶ》を押し上げる、熱い肉塊の存在を。

相馬の雄が瞬時にして、硬く太く実ったことを。

「なぁに、これは？」

腹の底から昏《くら》い笑いが込み上がる。

眼差しに嘲《あざけ》りを込めて、環は相馬を眺め下ろした。

「こんなに簡単に大きくして。言ってることと反対じゃない」

「うぁ……っ」

軽く尻を揺すると、局部を擦られた相馬が情けない声をあげた。

「私が欲しいんでしょう？」

欲しがって。

望んで。

私を求めて、離さないで。

切なく哀願したい心は、口にした瞬間、驕慢《きょうまん》な言葉となって環を裏切る。

「本当に節操がないんだから。躾《しつけ》の悪い犬にはお仕置きが必要よね？」

（ああ――また、ねじれていく）

こんなふうに傲岸で、意地の悪い女になりたいわけではなかったのに。

当たり前の恋人同士のように、優しくし合うことを許してくれない相馬が悪い。

破れかぶれになった環は、体の向きを逆にした。相馬の胸の上に腰を落とし、彼の帯を乱暴に解いてしまう。

浴衣の前が乱れ、血管を浮かびあがらせた怒張が、先端を濡らした状態で露《あらわ》になった。

「こんなに零して、はしたないったら」

つるりとした亀頭は、暗がりでもわかるほど赤黒く充血している。

その先端を、環は戯れに人差し指でつついた。

「あっ、あぁぁ……！」

わずかな刺激にも悦《よろこ》んで、大振りなそれはひくひくと揺れる。求められるままに足で踏んだことはあったが、手で触れたのはこれが初めてだった。

「自分でするときは、こうするんでしょう？」

環は屹立に指を絡めた。

片手では摑みきれないほどの太さに慄《おのの》きつつも、そんな気配はおくびにも出さず、しこしこと上下に擦り始める。

「駄目です……俺なんかのものを、姫様の手で……っ」

口ではそう言いながらも、青筋立った剛直の先からは、涎《よだれ》が嬉しげに垂れていた。

どれくらいの力で握ればいいのかもわからなかったが、試行錯誤しつつ強弱をつけ、扱《しご》く速さにも変化をつければ、相馬の腰がくねり始める。

「はぁあ、っ……うぁ、あぁ――……」

男の嬌声など聞き苦しいもののはずなのに、環はすっかり、この声を聞くたびに体の芯を熱くするようになっていた。

もっともっと、相馬の乱れた声を引き出したい。

自分の言動に一喜一憂する彼に、たとえば、吉原にいる間に覚えたあんな、、、ことをしてやればどうなるか。

「――特別よ」

飼い主の気まぐれで、とっておきの餌を与えるように。

環は落ちてくる髪を耳にかけ、雁首の縁を舌でぺろりと舐めた。

未知の食材を味見するように、零れる先走りを舌で受ければ、汗を煮詰めたような塩気とかすかな生臭さを感じた。

「ひっ――、嘘、だ……っぁあああっ……！」

肉竿に舌を添わせて舐め上げると、相馬の声が逼迫した。

「姫様のお口で……舌で……っ……駄目、なのに……ぅあ、あああ、ぐ」

混乱しきった様子に満足し、環はさらに相馬を追い詰めたくなった。

大きく口を開けて、肥大しきった性器をはくりと含む。口蓋《こうがい》や頬の裏を、張り詰めた肉の弾力が圧迫した。

(確か、あの本ではこうするって……――)

うろ覚えの知識を呼び起こし、首を上下させながら唇で肉身を締めつける。歯が当たると快感が冷めてしまうというから、それだけは気をつけて。

(大きすぎて……顎が外れそう……)

溢れそうな唾液ごと、じゅるるっと吸い上げれば、太いものは威勢よく跳ね踊る。

初めてのはずなのに、環はいつしか夢中で相馬の分身を舐めしゃぶっていた。

「ん、ふっ……――んっ……んむ……」

「う、うぅ、はあ……あぁぁあっ……！」

相馬がどんな顔で喘いでいるのか、見えないのが残念だった。

自分だけの玩具を手に入れた子供のように、熱を増す雄茎をあむあむと咀嚼し、亀頭を舐め回して愛撫する。

膨張を続ける肉棒は喉奥に届いて、あたりどころが悪いと吐き気を催す。それでも悶える相馬に煽られて、一心不乱に食らいつく。

「っあ、姫様、そこ……気持ちいいです、ひめさま……っ！」

泣きの入った声に、環は自分の秘処がじゅくじゅくと濡れるのを感じた。

息を滅茶苦茶に乱しながら、相馬が射精感を訴える。

「あ……いきそうです……姫様のお口が、温かくて……舌が、ぬるぬる絡んで……もう、気持ちよすぎて……っ……」

「駄目よ」

ここぞとばかりに、環は冷えた口調で言った。

「我慢しなさい。勝手に出したら、お仕置きにならないでしょう」

「っ……！　そんな……くっ……うぅうっ……」

絶望に染まる呻きに、嗜虐心がいっそう刺激された。

幹の部分を手で揉み込みながら、小さな孔の周囲をなぞる。尖らせた舌先を、強引にねじ込むようにぐりぐりする。

「そんなにされたら――っ……あぁっ、つらい……出る……出したいぃっ……！」

解放を禁じられた愉悦は、七転八倒の苦しみに等しい。

相馬は腰を浮かせ、布団に爪を立てて、ひっひっと喉を鳴らした。その肌はひと目でわかるほどに粟立ち、太腿が細かく震えている。

「私の言うことが聞けないの？」

「あ……ああ……いえ……姫様の命令は、絶対です……」

快楽漬けにされた相馬は、己の意のままになる。

そう思い込んでいたせいで、環は完全に油断していた。

「ですが……せめて、俺も舐めたい……姫様の綺麗なここを、舐めさせてください……」

「きゃっ!?」

唐突に浴衣をめくられ、白い尻を剥き出しにされる。

柔らかな双丘《そうきゅう》を割った相馬は、首をもたげて、秘めやかに熟した花芯《かしん》に吸いついた。

「なっ……、あ、やめ……やぁあんっ……！」

環は甘い悲鳴を迸《ほとばし》らせた。

後ろから伸びた相馬の舌は、ぬちゃぬちゃと粘着質な音を立て、環の花床《はなどこ》を舐め回す。

口淫《こういん》を続けるどころではなくなり、腰を高くあげて環は喘いだ。

「ん、ぅああ、だめ……ああぁっ……！」

こんなはずではなかった。

今夜だけは、環が相馬を一方的に攻めるのでなければいけなかった。

こちらの期待をことごとく裏切り続ける彼に、達しそうで達せない苦しみを与えて、留飲を下げるつもりだったのに。

（こんなふうにされたら……わたし……っ）

快楽に弱いのは相馬だけではない。

環もまた、女陰を蕩かされるほどに、気丈でいたい心をぐずぐずにされてしまう。

「ああっ、あ……そこ、いやぁ——っ……！」

濡れた割れ目を舌で暴かれ、内臓を直《じか》に舐められているような気分になる。

注がれる喜悦に上体が反って、いつの間にか環は、相馬の顔面に跨がるような姿勢になった。彼の側からすれば、内腿に顔を挟まれて、環のいやらしいところが視界一面に迫っているはずだ。

舌を激しく泳がせながら、相馬は我を失ったように呟いた。

「——は……姫様……美味しいです……甘い……」

「ば……馬鹿を言わないで……っ」

そんな場所から滴るものが、砂糖や水飴のように甘いわけがない。

「本当です。言いましたよね。俺は、甘いものが大好きだって」

目をつぶり、頭《かぶり》を振っても、ぷぢゅっ、じゅぷっ——と、耳を塞ぎたくなるようなひどい水音は途切れない。

「一滴も零さないで、俺にくださいい……ん……はぁ……美味しい……こっちも……」

「――――、ひっ⁉」

驚愕に全身が強張った。

相馬の舌が会陰《えいん》を辿って後ろに滑り、性器ではない部分に達する。菊の花にも似た襞をねろりと舐められ、とっさに腰をあげて逃げようとしたが。

「やっ……！」

その動きを見越していたのか、相馬の腕が腰に絡み、もう片方の手は乳房を鷲掴みにしていた。

拘束された環は、不浄の窄《すぼ》まりを舐め尽くされる地獄のような羞恥に惑乱した。

「そんなところ……やめて、お願いっ……いやいや、いやぁ！」

あまりにいじめすぎたせいで、相馬はどうにかしてしまったのか。

常識の範囲を超えた淫虐に、環は腰を振りたくって泣き叫ぶ。

ありえない部位に唾液をたっぷりと塗り込められ、舌先で浅い場所をくじられて。

最初は悪寒しか覚えなかったのに、胸を揉みしだかれ、前に回った手が秘玉《ひぎょく》をくちくち転がし始めると、後孔にまで快感に似たものが生まれた。それがかえって恐ろしかった。

「ほんとに、もうっ……汚い、からぁ……！」

「姫様のお体に、汚いところなどありません……全部、どこだって綺麗です」

足の指を舐めたときと同じことを相馬は言った。

そうして彼の雄芯は、この行為でまぎれもなく興奮しているのだった。

今は触れられてもいないのに、はち切れそうに大きく張り詰め、失禁と見紛うほどの先走りが、竿部分をだらだらと伝っている。

それと同じくらい、環の秘部も蜜を漏らしているに違いなかった。むんと香った雌の匂いに引き寄せられてか、相馬が蜜口のほうに顔をずらした。

狭い場所に舌を突き立てられたまま、乳首を絞られ、花芽《はなめ》を弾かれて腹の奥が震える。

三点から同時に襲った愉悦に、何もかもが爆《は》ぜる寸前。

「——達ってください」

相馬の囁きはくぐもっていた。

「いつものように、俺の舌で……気持ちよく果てて、ゆっくりお休みになれば、今夜のことは酔った上での勢いだったとわかりますから」

聞き捨てならない発言だった。

(酔った勢い……ですって？)

すうっと遠のいた快感の代わりに、炎のような怒りがぶり返す。

柳原と結婚しないと言ったのも、相馬に自分から口づけようとしたことも、彼への想いを改めて自覚したからなのに。

環なりに覚悟を決めた行為だったのに、相馬にとっては酔っぱらいの狼藉としか捉えられていないのだ。

快感でうやむやにし、環が眠って起きれば、何もなかったことになると思っている――なかったことにしようと思っている。

「……やめて！」

甘ったるい拒絶ではなく、叩きつけるような叱咤が口をついた。

相馬がすくんだ隙に、環は半端に纏わりついていた浴衣を脱ぎ捨てた。

元通りの向きで馬乗りになると、起き上がろうとする相馬の動きを封じて、その喉元を両手で押さえつける。

「動かないで」

縊《くび》り殺されるような姿勢に、掌の下で喉仏がごくりと蠢いた。

「気の迷いだと思う？　――これでも？」

膝立ちになった環に、相馬が「まさか」という顔をした。

その予感を、環は現実にしてやった。

持ち上げた腰を落とし、充血した花唇《かしん》で、そそり勃《た》つものの先端をくちゅりと食《は》む。

手を添える必要もなく、濡れに濡れたそこは、少し体重をかけるだけで太いものをずぶずぶと呑み込んでいった。

「な……っ!?　駄目です、姫様……！」

相馬の顔から一気に血の気が引いた。

環は聞く耳を持たなかった。しかしなんらかの障壁に行き当たり、挿入は途中で止まってしまう。

「――いっ……」

裂けるような痛みに、泣きたくないのに涙が滲んだ。

これがいわゆる処女膜というものだろうか。相馬の雄は、まだ半分も入っていないのに。

「抜いてください！　今ならまだ――駄目なんです、こんなこと、あってはいけない」

「黙りなさい……！」

裂けるなら裂けろとばかりに、環は闇雲に腰を落とした。

体の奥から、ぶつっ、ぶちっ――と何かが千切れる音が立つ。

内臓を串刺しにされるような苦痛に、声にならない悲鳴をあげて、それでも環は引かなかった。何かを喚《わめ》き続ける相馬を見下ろしながら、媚肉を割り裂く凶器を、軋《きし》む花筒《はなづつ》にとうとう収めきった。

「……ほら。これで私は疵物よ」

鬱屈した衝動に支配され、環は乾いた笑いを洩らした。

壊れろ。

壊してしまえ。

体面にこだわる自分を壊して、母の呪縛を断ち切って、誰にも嫁げない体になって、何もかもを滅茶苦茶にして。

「お前が勝手に崇拝してた、気高い『姫様』の正体が、これよ」

生傷の疼く痛みに耐えて、環はゆっくりと腰を振った。

呆然とする相馬を、思い知れ——とばかりに睨みつける。

自分はちっとも綺麗じゃない。

気高い令嬢のふりをしていたのは、相馬の描く『姫様』の理想像がそれだったからだ。

本当の環は、自分から男の上に乗り、無理やりに犯すようなひどい女で。

淫乱だと思われても、相馬のすべてをこの身に刻んでおきたかった、未練がましい女で。

——ただ、彼のことを好きなだけで。

「っ……んぅ……は……うぅっ……」

腰を揺するたび、焼き鏝《ごて》で掻き回されるような痛みが股座《またぐら》を突き抜ける。

苦しげな声に、自失していた相馬が、一転して案じる表情になった。

「やめましょう、姫様。痛いでしょう」

愛液で濡れているとはいえ、二本の指より太いものを挿《い》れたことはない場所だ。

おそらく流血もしているだろうが、目にすれば怯《ひる》んでしまうに決まっているから、結合部を見ないようにして、環はなおも腰を遣った。

「見ていられません。お願いですから……俺なんかと、どうしてこんなこと」

（――わからないでしょうね）

環は内心で自嘲した。

ただひと言、「好きだ」と想いを伝えれば、何もかも変わるのかもしれない。

だけど言わない。

ここまで気づいてくれなかった以上、いまさら言いたくない。

そんなことができる可愛げがあれば、たやすく幸せになれたのかもしれないけれど、それは相馬が愛する「姫様」ではないのだから。

「姫様……姫様……っ……動かないで……」

腰を振り続けるうちに、相馬の声がまた切羽詰まってきた。びくびくと大きくなる肉棒が、膣内をぐぐっと押し広げる。

「……気持ちがいいの？」

快感を覚えてしまう自分を罰するように、相馬は歯を食いしばった。

「すみません……姫様は痛いのに……俺……俺ばっかり……ああっ、う……」

「興奮してるのね？」

「あ、当たり前ですっ……頭がおかしくなりそうなくらい……、姫様の中は狭くて……温かくて……俺のを絞りあげてきて……く、……うぐっ……あぁ！」

だらしなく喘ぐ顔を隠すように、相馬は腕で目を覆った。

「姫様が上に乗って、全部を包み込んでくださって……これは、俺の妄想ですか……？　妄想ならいいのに……そうしたら、姫様はつらくないのに」

「妄想じゃないわ」

相馬の腕を、環は引き剥がした。

快感に溶けるその目を、最後まで見ていたかった。自分のすることで気持ちよくなってくれる男の顔は、どんな媚薬よりも強く環の欲情を掻き立てた。

新たな蜜がじゅんと滴《したた》り、抽挿が滑らかになる。痛いばかりだった蜜洞《みつほら》の奥から、じんわりと甘い波が押し寄せる。

環は静かに息を吐いた。

知らず緊張していた膣道が柔らかくなり、雄茎をさらに深く食らう。

吐息に混じったほのかな甘さに、相馬が戸惑いつつ腕を伸ばした。

「俺からも、姫様を触ってもいいですか？　少しは痛みがまぎれるかと……」

環が行為をやめないことを悟ったのか、そう提案される。

「好きにすれば」

素っ気なく言うと、「失礼します」と生真面目に断られ、両の乳房を掴まれた。

左右に揺すられ、上下に弾まされ、時計回りにゆったりと揉まれて、熱病に冒《おか》されたよ

うに背筋がぞわぞわする。

「乳首が尖って、赤くなってきて……こちらも触りますね」

「んっ……！」

しこった乳頭を摘まれて、勝手に腰が揺れた。

遠慮がちな言葉とは裏腹に、相馬の指は環の感じるやり方で、的確に官能を引き出してくる。親指と人差し指で強めに潰し、痛みを感じる寸前に力を緩め、先端を執拗に捏ねくり回して。

「んあっ、ふぁ……あぁん、あぁあっ……」

「……姫様……いいですか？　もう痛くないですか？　俺の指で、感じてくださってますか……？」

答えにくいことばかりを尋ねられ、環は頬を赤らめた。返事の代わりに蜜壺がひくつき、中のものをきゅうっと締めつける。

「あ……今、中が締まって——俺……俺も……はぁあ……っ」

相馬の腰が焦れったげに揺れて、環の胸も詰まった。

快感の種火を煽るだけ煽られて、もどかしいのは今やお互い様だった。

「いいわよ——……動いて」

「ですが、姫様の傷を広げるわけには」

この期《ご》に及んで自制を選ぶ相馬に、環は溜め息をついた。

喉元を圧迫していた手を滑らせ、広い胸板を撫でる。

掌を押し上げる筋肉の感触をしばらく楽しみ、小さなふたつの尖りを、出し抜けにきゅっとひねりあげた。

「っ、うあ……！」

相馬の腰が浮き上がり、膣奥をずんっと突かれた。予想以上の衝撃と快感が広がって、唇を噛み締める。

そうしながらも、環は相馬の弱点を弄《いじ》ることはやめなかった。

彼が自分にしたことを返すように爪先で引っ掻き、突起をぐりぐりと押し潰す。

「っ……そこ……姫様、そこはぁ……っ」

「男のくせに、こんなところも感じるの？」

「あ――あぁ、すみません……でも、……いい……ちくび、気持ちいいですっ……――！」

快感に顔を歪めながら、相馬も環の乳房を夢中で揉みしだいた。

男の手によって大きく形を変える双乳は、見るだにいやらしかった。掌に乳首が擦れるたびに、腰が前後に動いてしまう。

「ああっ……俺が、姫様とこんなこと……駄目なのに……絶対に、駄目なのに……っ……」

ううっ、ううう――と相馬の喉が鳴る。

しゃくりあげるような呻きに、いっそ哀れを覚えた。

この男はどこまでいっても、自分を薄汚い野良犬のように思うことをやめないのだ。

(どうしてなの……?)

容貌だって悪くないし、生まれはともかく今は出世し、社会的な地位もある。その上で己を貶める理由が、環にはどうしてもわからない。

男らしく強引に、力ずくでもいいから奪ってほしい――口に出せない環の望みは、永遠に叶えられることはないのだろう

だから、こうするより他はない。

小さいなりに膨らむ男の乳嘴《にゅうし》をさすりながら、環は大きく腰を弾ませた。充分に解れた膣内を、じゅぶっ、ずぷっと水音を立てて鋼《はがね》のような肉芯が行き来する。

「はぁ……んっ……あぁぁっ……やぁっ……」

破瓜《はか》の苦痛は嘘のように消えて、環は生まれて初めての感覚に身悶えた。

ここに相馬のものを受け入れたらどんな気分になるのかと、これまでに何度も考えた。

想像よりもずっと太くて、熱くて、ごつごつしていて――そのすべてが、極上の陶酔を連れてくる。

「ぁぁ……俺のが、中に——姫様の中に、根本まで……」

感動と畏れをない交ぜにしたように、相馬が咽《むせ》ぶ。

その腰はいつしか、下からずんずんと蜜洞《みつほら》を突き荒らしていた。環に奉仕するためとも、己の快感を追いかけるためとも、判別のつかない動きだった。

「すごいです、姫様……こんなに濡れて、滑って、ぐちゃぐちゃで……——」

「あっ、はぁあ、あっあぁ……ぃやぁっ……！」

子壺の入口に蓋をするように、亀頭が奥を突く。

相馬の首筋が汗で光り、苦しげな声が極みを訴えた。

「このままじゃ、俺——ああ、もう……駄目です……ほんとに……」

「出そうなの？」

「っ、はい……ですが、それだけは……姫様、離れて……抜いてくださいっ……」

「出して」

「——……え？」

「中に出して。受け止めてあげるわ」

「む……無理です。そんな、汚い……！」

まただ——と思う。

実際、精液は清潔なものとは言い難い。だがそれを言うなら環の汗も愛液も、相馬に舐められた足の指だって同じようなものなのに。

どうして彼は、自分だけを汚物のように思い込んでいるのだろう。

不可解ゆえの不満を叩きつけるように、環は腰を押し回した。隘路《あいろ》の中で肉棒がぐりゅんと撓《しな》り、とりわけ気持ちのいいところを抉られる。

その動きは同時に、ぎりぎりの縁で踏み留まっていた相馬をも追い詰めた。

「っ――、駄目です……もう、いく――ぁあぁ……ぅ、出る……でるっ……！」

「あっ――……」

びしゃっ、と体の奥で水風船が弾けたようだった。

体が四散するような絶頂に、環は声もなく叫んだ。

相馬の精が、命を生み出す雫が、震える剛直から噴き上がって、胎内をすみずみまで満たしていく。

ようやく得られたものを一滴残らず啜り尽くさんと、媚肉が長く蠢動《しゅんどう》した。

――どっどっ、どっどっ、と原始の太鼓のような荒々しい鼓動が耳をつく。

それが次第におさまり、相馬の様子を窺う余裕ができたとき、環はぎくりとした。

四肢を投げ出し、天井を見上げる彼の瞳があまりに虚ろだったからだ。

「ちょっと……ねぇ、大丈夫？」

「――すみません」

声が聞けたと思った途端、相馬は頭を抱えた。

頭皮に指をめり込ませ、がりがりと音が立つほどに自身の髪を掻き毟った。

「すみません、すみません……どうすれば……俺は、取り返しのつかないことを」

「──なんなの？」

絶頂の余韻が一瞬で冷めた。

代わりに環を襲ったのは、震えるほどの悲しみと虚しさだ。

「私とこうなったのは……そんなにも後悔するようなことなの……？」

確かに、同意を得ての行為ではなかった。

それでも、環はひそかに一縷《いちる》の望みをかけていたのだ。

どれだけすれ違っていても、根底に互いを恋《こ》うる気持ちがあるなら、一線を越えることで何かが変わるかもしれないと。

けれど、結果はこれだった。

相馬は真っ白な顔で、謝罪と悔恨をぶつぶつと繰り返すばかり。

そこまで彼を追い詰めた事実に、手放しで泣きたくなる。

（……──これまでね）

環はゆらりと立ち上がった。

生々しい感触を残して、体内に埋まっていた男根がぬぽっと抜ける。

塞ぐものをなくした秘口《ひこう》からは、ぬるんだ白濁がほたほたと漏れ出した。

畳に投げ出した浴衣を羽織り、もたつく手で帯を結ぶ。なんとか見られる恰好になると、
環は廊下に出た。

襖を閉じてもなお、部屋の中からは懺悔の声が洩れていた。

脳髄にこびりつくそれを断ち切るように耳を塞ぎ、その場にうずくまる。

気づけば環も、同じ言葉を何度も呟いていた。

「……ごめんなさい」

素直になれなくて。

優しくなれなくて。

考えうる限り一番ひどい形で、積み上げてきた関係を滅茶苦茶にして。

「ごめんなさい、ごめんなさい……ごめんなさい……ごめん、なさい……」

結局、彼と自分は永遠に交わることのない二人だった。

ずっと歪《いびつ》で嚙み合わず、空回りばかりしていた。

最初から最後まで。

七　崩壊

翌朝の午前十時過ぎ。四ツ谷の屋敷に続く坂を、環は息を切らして歩いていた。

箱根からの長距離を単独で移動するのは不安だったが、どうにか帰り着けそうなことにほっとする。

(私だって、やればできるんだわ)

逗留の予定は二泊三日だったが、環は相馬に何も告げず、早朝に宿を抜け出したのだ。

旅館の人間には昨夜の醜態を詫びた上で、『婚約者と喧嘩をしてしまったから先に帰りたい』と嘘をつき、駅まで車を出してもらった。

そのあとは駅員に尋ねて切符を買い、一人で緊張しながら汽車に乗った。

手持ちのお金が心もとなかったので、東京駅からはタクシーではなく市電を利用し、その後も道に迷いつつ、なんとかここまで戻ってこられた。

(相馬はもう気づいているかしら……追いかけてくるとしたら、ゆっくりしてられない)

環が急いでいるのは、相馬がいないうちに荷物をまとめて、屋敷を出ていくつもりだからだ。

幸い、今は使用人たちも、主の不在に合わせて休みを取っている。環を止められなかったからと、彼らが咎められることもないはずだ。

(――もうこれ以上、相馬に頼って暮らせない)

ひと晩まんじりともせずに考えて、至った結論はそれだった。

これまで自分は、相馬の厚意に甘えすぎていたのだ。恩返しだという言葉を受け入れ、自活の手段がないことを言い訳にして、与えられた環境を安穏と享受していた。

それが間違っていたと、ようやくわかった。

いつまでも主人気取りが抜けない反面、ただの主従でい続けることもできず、爛れた関係に陥った。

この先も相馬のそばにいる限り、自分は彼を追い詰め、今よりもっと傷つけてしまう。

(いい加減、終わりにするときだわ)

世間知らずの環が、一人で生きていけるかどうかは甚《はなは》だ怪しい。

それでも職業斡旋所を訪ね、できる仕事があればなんでもするつもりだった。キヌが家事の基本を仕込んでくれたから、どこかで住み込みの女中にでもなれればありがたい。

そうこうするうちに屋敷の門をくぐり、環はほうっと息をついた。

鍵を取り出そうとハンドバッグを探ると、底に忍ばせた小箱が目に入る。

相馬がくれた西洋スミレの帯留めだ。さんざん迷ったけれど、結局、宿に置いてくることはできなかった。

「……ただいま」

もう二度と、この言葉を口にすることもない。

感傷を覚えつつ、鍵を開けて中に入った瞬間、二階からがたっと物音が響いた。

今日、この家は完全に留守のはずだ。気のせいかと思った矢先、がたがた、ごとんっと、何かを荒らしているような物音はなおも続いた。

(まさか、泥棒……!?)

坂道を登って汗ばんでいた背中が一気に冷えた。

よりにもよって、使用人が誰もいないときに——そこまで考え、環ははっとひらめいた。

(もしかして、あの人たちの誰かが？)

執事の新田。女中のキヌ。料理人の石黒。

彼らならこの家の鍵を持っているし、今日は相馬が不在であることも知っている。考えれば考えるほど、三人のうちの誰かではないかという気がしてきた。

(皆、優しい人たちなのに……出来心だとしたら、大事《おおごと》にはしたくないわ)

自分が見つけて説得すれば、犯行を思い留まってくれないだろうか。

希望的観測を抱いた環は、足音を忍ばせて二階に上がった。そろそろとした動きは足首に負担がかかり、古傷が熱を持つ。

物音がするのは、階段を上ってすぐの位置にある相馬の部屋からだった。仕事部屋兼寝室として使っている二間続きの洋室で、金目のものがあるとしたらあそこだろう。

侵入者の焦りを示すように、扉は細く開いていた。

（とにかく、誰がいるのか確かめるだけでも……）

最後の最後に、相馬のために何かできることをしたい。そんな気持ちもあって、環は扉の隙間を覗き込んだ。

途端、男の苛立った声が聞こえて、びくりとする。

「ああ、くそっ！　相馬の野郎、一体どこに隠してるんだ……！」

環は息を呑んだ。

書棚から手当たり次第に本を抜き出し、机の引き出しを荒らしているのは、使用人のうちの誰でもなかった。

西洋人のような鷲鼻が目立つ横顔。

もともと癖のある髪は、汗に湿っていつもよりも縮れている。

（――柳原、さん？）

そこにいたのは、いずれ生活が落ち着いたら、婚約破棄の詫びを入れにいかなければと思っていた柳原貴志だった。

どうして彼が——と動揺した直後、環は思い出した。

この家が無人になる日を知っている人物が、もう一人いた。

そもそも、環と相馬が温泉旅行に行けばいいと、最初に勧めてきたのは彼だった。

『せっかく宿を手配するとまでおっしゃってくださったのに、申し訳ありません』

『いえ、構いませんよ。箱根もいいところですからね。ところで、旅行の予定はいつからいつまで？』

『八月の末日から、九月の二日までです。どうせだから、使用人の皆にもお休みを取ってもらうつもりで』

『そうですか。どうぞお気をつけて。土産話を期待していますよ』

最後に会ったとき、そんな会話を確かに交わした。

（それにしても、柳原さんはどうやって家の中に入ったのかしら）

疑問はあるが、この事態は自分の手に負えない。

電話での通報は話し声に気づかれてしまうかもしれないから、今すぐ外に出て、交番に駆け込むべきだ。

後退《あとずさ》りしかけたとき、右足首にずきっと痛みが走って、環は尻もちをついた。かろうじて声は抑えたものの、物音までは消せなかった。

鬼のような形相で振り返った柳原が、足早に歩み寄ってきて扉を開け放つ。その右手に握られているのは、刃渡り五寸にも及ぶナイフだ。

恐怖に硬直する環を、柳原はぎょっとしたように見下ろした。

「なんでお前が――帰ってくるのは明日じゃなかったのか!?」

「きゅ……急用ができて……私だけ、先に帰ることになって」

「相馬は一緒じゃないんだな？」

「……はい」

舌打ちした柳原は、環の手を摑んで無理やりに立たせた。

部屋の中に引き込まれ、脇腹にナイフを押しつけられながら詰問される。

「相馬の会社の会計帳簿を探してる。どこにあるか知ってるか？」

怯えつつ、環は首を横に振った。この部屋に入ったのは一度だけだし、そんなもの見たこともない。

「あるとしたら、会社のほうじゃ……」

「あっちにはなかったんだよ！　あちこち引っ搔き回して探したけどな！」

柳原ははっと口を噤《つぐ》んだが、環は彼の失言に気づいてしまう。

（もしかして、相馬の会社に入った物盗りって……）

疑惑の目を向けられた柳原は、二度目の舌打ちとともに「そうだ」と認めた。

「あの夜、会社に忍び込んだのも僕だ。掃除夫に金を掴ませて、裏口の鍵を開けさせておいたんだ。まさか、相馬本人が残ってる日だったなんて思わずにな」

顔を隠していたという侵入者は、柳原だったのだ。ならばこのナイフも、相馬の腕を切りつけたものと同じなのかもしれない。

「どうしてそんなことを？　帳簿なんか盗んで、どうしようっていうのよ!?」

環は反射的に叫んだ。恐怖が消えたわけではなかったが、それ以上に、相馬を傷つけられた怒りのほうが勝《まさ》ったのだ。

「あらかじめ用意した偽物とすり替えるのさ」

柳原は、開き直ったようにせせら笑った。

「脱税の痕跡が残った偽の帳簿だ。その上で、不正があったと税務局にたれこんでやる。あそこにも警察にも親父の知り合いがいるからな。証拠さえあれば、大した調査もせずに、脱税容疑で相馬を逮捕してくれる」

あまりの卑怯さに愕然とする。

そんな環を前に、柳原は滔々《とうとう》と語った。

「貿易会社を興したはいいが、あいつの存在がずっと目障りだった。上客を独占されて、相馬がいる限り、うちはどうしたって利益を出せない。あいつの会社が潰れさえすれば、奴の顧客が丸ごとうちに流れてくるって寸法さ」

「そんな都合のいいこと、あるわけないわ……！」

自分の経営手腕のまずさを棚にあげ、甘い夢を見るにもほどがある。

「黙れ！」

横っ面《つら》に衝撃が弾け、環は絨毯の上に吹っ飛んだ。遅れて頬に生じた痛みに、手加減なしに打たれたのだと理解する。

「女のくせに、僕に口答えするな！　もともとお前に近づいたのも、何かあれば利用できると思ったからだ。芝居を見に行ったとき、ハンドバッグがなくなったことがあっただろう？　あれはわざと隠させたんだ。小道具係を抱き込んで、この家の鍵の型をとらせるためにな」

そうして作った複製の鍵で、柳原はこの屋敷に忍び込んだのだろう。

何もかも計画のうちだったのだと、環はほぞを噛んだ。

「ジュリエット役の朱乃を覚えているか？　あいつは僕の愛人だ。どうせ遊ぶなら、あれくらいグラマーなほうが僕の好みだ。お前も見た目は悪くないが、吉原にいたような女を伯爵家の嫁にするわけがないだろう。こうなった以上、口を封じる前に一度くらいは味見してやっても構わないがな」

ナイフを放り出した柳原が、環にのしかかってきた。

「何を――っ、……いや、いやぁっ！」

必死に抵抗するが、男の力には敵わない。着物の裾を割られ、両膝を摑んで押し広げられ、股間に空気が触れてぞっとした。

「ははっ、見た目だけは処女みたいに綺麗だな。それでも、吉原仕込みのここを使って、相馬に取り入ったんだろう？　しょせんお前は、男に寄生することでしか生きていけない女だからな」

まじまじと眺め回され、下卑た笑いを零されて、環は絶望を覚えた。

――これは、罰なのだろうか。

柳原は悪人だが、環のほうも彼の求婚を受ければ、華族社会に返り咲けるという下心があったのは否めない。我欲にまみれた身に、しかるべき罰が下されたといえばそれまでだ。

それでも、こんな男の好きにされて終わるのだけは嫌だった。『口を封じる』と言った以上、犯されるだけではすまず、きっとそのあとで自分は殺される。

（それなら、いっそ――……）

体の自由はきかないけれど、舌を嚙み切ることくらいは。

何かを考えれば覚悟が鈍る。瞬間的に察した環は、あらゆる懸念を意識から締め出し、自らの舌に歯を当てた。

ズボンの前をゆるめようとしていた柳原が、妙な声をあげたのはそのときだ。

「――ぅぐぉ……っ！」

ごぼごぼとうがいをするような音が立ち、環は上を向いた。

柳原の口元から鮮血が溢れ、顔の横にぼたぼたと滴る。

大きく目を見開き、喉を掻き毟った柳原が、横向きになってどうと倒れた。

呆然とした環の視界に映るのは、窓からの逆光を浴びて佇む、背の高い人影だった。

「ご無事ですか、姫様」

血臭が立ち込める部屋の中、響いた声はあまりにも平らだった。

「……そう、ま……？」

「間に合ってよかったです。すぐに追いかけたつもりだったのですが……怖い思いをさせてしまい、申し訳ありません」

「今……お前、……何を……」

錆びついたように動かない首を、ぎぎっと捻じ曲げて柳原を見る。

その背中には、彼自身が持ち込んだナイフが深々と突き刺さっていた。白いシャツの布地が、赤インクをぶちまけたようにじゅわじゅわと色を変えていく。

「おっ……おぁ……が――……」

まだ息があるのか、柳原はずるずると這って逃げようとしていた。

芋虫のような動きで部屋を出た直後、どたたたっ――と階段を滑り落ちる音がして、それきりしんと静かになった。

「立てますか、姫様？」

差し出された相馬の手には、柳原の返り血が飛んでいた。

上体を引き起こされた瞬間、凍りついていた感情が溢れて、環は支離滅裂に喚いた。

「――なんで？　なんでなの!?　柳原さんを、なんで……っ」

「なんで、とは？」

「どうして殺すの!?　そんな、平然とした顔をして！」

「姫様に仇《あだ》なす者を、俺は許しません」

ごく当たり前の真理を告げる口調だった。

そこに環の知る相馬圭吾はいなかった。

人当たりの良い青年実業家でも、環に虐げられて恍惚とする隠花植物のような男でもなく。

己の行為に微塵も罪の意識を感じていない、相馬の形をした何かだった。

「……お前は、誰なの……？」

問いかける環の声は震えていた。

「相馬は優しくて……大人しくて、気が弱くて……人殺しなんて、そんな……」

「俺は、ずっと俺ですよ？」

相馬はわずかに首を傾げた。

刹那、脳裏に蘇ったのは、神楽坂の料亭で聞いた井津元の言葉だった。

『君の屋敷を出たあと、彼はずいぶん捨て鉢で、自堕落な生活を送っていたようだ。本人は口を濁していたが、裏組織の人間との付き合いもあったようだし……』

あのときは聞き流していたけれど、『自堕落な生活』の中で、相馬はとんでもない経験をしていたのかもしれない。

自分の意思ではないにしろ、ヤクザまがいの人間に命じられて、犯罪に手を染めることもあったのではないか。この落ち着き払った様子は、そうでなければ説明がつかない。

環に害なす者を近づかせるわけにはいかない——そう言って、蜘蛛を踏み潰していたときの姿が悪寒とともに蘇った。

「では、行ってきますね」

言葉をなくす環を置いて、相馬は部屋を出ていこうとした。

「どこに……？」

「警察です」

何をわざわざ、という顔で答えられる。

「さすがに自分の家で人が死んだ以上、しらばくれるわけにはいかないでしょうし。事情を話したところで、相手が伯爵家の人間ですからね。なんにせよ前科がついてしまえば、二度とお目にかかることも叶いません。――どうかお元気で」

「っ……待って！　逮捕だなんて……相馬だけが責められるなんて、絶対に駄目！」

一礼した相馬に、環は我を忘れてしがみついた。

別れを決意したとはいえ、こんな形で会えなくなることは想定外だ。

「もう嫌！　あのときと同じようなことは、もう二度と嫌なのよ……！」

喉の奥から嗚咽が溢れる。

涙で顔をぐしゃぐしゃにした環の肩に、相馬は戸惑うように触れた。

「大丈夫ですか？　あのときというのは……姫様が怪我をなさって、俺がお屋敷を追い出されたときのことでしょうか」

思い出すだけで痛ましいとばかりに、相馬は表情を曇らせた。

そうしていると普段の彼のようなのに、その手は人殺しの証に赤く染まっているのだ。

「あの事故は俺の責任です。俺が、姫様から目を離してしまったから」

「違うの……！」

環は血を吐くように叫んだ。

ずっと言いたかった。

言えなかった。

相馬を追い出した母にも、再会した彼本人にも打ち明けられずに、罪の意識に駆られて己を責める日々を送っていた。

「あの日……あの日ね……」

六年前の春。

自分は相馬の背中を踏み台にして、木の枝に腕を伸ばしていた。

本当は簡単に手が届く位置だったのに、なんでも言うことを聞いてくれる彼に甘えて、あの時間を引き延ばしていたのだ。

そのあとのことも、まるで昨日の出来事のように、ありありと思い出せる。

「わかっていたの。――相馬が、木に登る私の脚を見ていたこと」

脹脛《ふくらはぎ》や内腿に纏わりつく、欲情を孕《はら》んだ年上の男の視線。

それが心地よくて、胸がどきどきした。

相馬の関心を引きつけていられるのが嬉しくて、自尊心がくすぐられた。

「着物が乱れるたびに、お前が顔を赤くして、顔を伏せるのを知ってた。知っていたから、わざと、何度も木登りをしたの。私も女なんだって、意識してもらいたかったから」

あのときの環は十三歳だった。

前年には初潮も迎えていたし、男女のことをおぼろげに知った思春期の少女が、ただ無邪気に木登りをしたがるわけもない。

そんな思惑に、相馬はまるで気づいていなかった。

彼が環を、実際以上に清らかな存在だと思い込みたがるのは、当時からのことだった。

だから環は『見て』と言った。

『見なさいよ、ねぇ』と焦れるように呼びかけ、下を向こうと体をひねった瞬間、枝を摑んでいた手が滑り、地面に叩きつけられた。

――そもそもの責は、最初から自分にあったのだ。

「それは……本当ですか……？」

初めて知る真実を告げられ、相馬はかすれる声で尋ねた。

長年の罪だと思い込んでいたものが覆されて、当惑しきったように瞳が揺れた。

「俺に見られていることに気づいていて、嫌じゃなかったんですか？　気持ちが悪いと……汚らわしいとは、思わなかったんですか……？」

「思わなかった」

環は首を横に振った。

「他の人だったら、違ったと思う。でも、相馬なら少しも嫌じゃなかった」

自分が本当のことを言えなかったせいで、すべては相馬が悪いことにされてしまった。

今だって、相馬は環のために手を汚したのに。裁かれるのは彼一人だなんてことが、あっていいはずがない。

罪滅ぼしになるわけもないが、もはや、環が相馬に差し出せるものはひとつだけ。

嘘や見栄を取り払った、ありのままの気持ちだった。

「だってあのときから、私は、お前が……――」

「待ってください」

相馬が慌てたように遮った。

わずかな間に、表情が目まぐるしく移り変わる。泣きそうな、怒ったような、絶望と希望がぐちゃぐちゃに入り混じったような。

「もしかして――姫様は、俺のことが好きなんですか？」

それは真剣であればあるほど、どこか間の抜けた問いかけだった。

まさにこれから言おうとしていた言葉を奪われ、出鼻をくじかれた環もまた、

「……ええ、そうよ」

と頷くことしかできない。

しばらくの沈黙が落ち、気まずい空気に耐えられなくなった環は、小声でぼそぼそと付け足した。

吉原から連れ出してくれたのに、妻にも妾にもしないと宣言されて、馬鹿にされているのかと思ったこと。

見合いの話があると知って焦り、その相手に嫉妬を覚えたこと。

昔と同じように欲情されているのを知って、ほのかな自信を取り戻したこと。

なのにいつまでも一線を越えてはくれず、苛立ちを通り越して悲しくなったこと。

元華族の矜持が邪魔をして、素直になれなかった過去を悔いていること——。

「遅すぎるわよね……こんなことになってから、いまさら……だけど、私のために相馬が罪をかぶるのは……お前を失うのだけは、もう嫌なのよ……」

「——姫様」

相馬の手が、壊れ物を扱うように環の頬を包み込んだ。

彼の内側で何かが解体され、組み立て直されたように、その瞳には光が戻っていた。

「あなたから、そんな言葉を聞けるとは思っていませんでした」

熱を帯びた囁きと共に、互いの距離が近づく。

なくなる。

「……っ……」

ずっと望んでいたものを得られたとき、人は案外ぽかんとしてしまうものだった。

焦がれに焦がれた瞬間は、おそらく二秒か三秒。

触れていた唇が離れたとき、そこに残った温もりで、環はようやく相馬に口づけられたのだと理解した。

「……本当に気づいてなかったの？」

甘やかな感触の余韻に震え、環は相馬の胸元をきゅっと摑んだ。

恥ずかしすぎてどんな顔をすればいいのかわからず、潤んだ目で睨んでしまう。

「ずっと昔だけど、言ったはずよ。『大きくなって、お前が偉くなったら、お嫁さんになってあげてもいいわ』って」

「もちろん覚えています」

相馬は真面目な顔で頷いた。

「とても嬉しかったんです。父親にも母親にも顧みられなかった俺を、姫様だけは求めてくださるのだと。ですが、あのときの姫様はまだ幼くていらっしゃいましたから。いずれ成長されれば、あんな口約束など、きっと忘れてしまうのだと思って」

「そんな曖昧な気持ちで言うわけないわ……」

「正直、一緒に暮らすうちに、もしかしてと自惚《うぬぼ》れることもありました。でもそれは、俺の願望による勘違いだと言い聞かせていたんです。あなたのことを高嶺の花だと思っていれば、諦められる。姫様が誰に嫁がれても、あなたの幸福を願うだけで満足できるはずだと。どれだけ独り占めしたくても、そう思って我慢して……我慢して」

相馬はそこで言葉を切り、正面から尋ねた。

「本当に、俺を受け入れてくれますか？　どろどろした欲望を、あなたにずっとぶつけたいと思っていた、汚くて卑しい俺を」

「……私だって」

環は泣いた。

ようやく本当の気持ちを伝えられた喜びに泣きじゃくり、目も鼻も真っ赤だった。

「私だって、六年も前から、お前を誘惑したがっていたようなあざとい女だわ」

「気づくのが遅れて申し訳ありません」

「本当よ」

「俺を必要としてくださっていたのですよね。昨日のことも、ただの気まぐれではなくて」

「そんなわけないじゃない」

「なら、俺はもう何も我慢しません」

頤《おとがい》に指をかけられ、改めて上向かされる。

再び落ちてきた唇は、今度は数秒では離れなかった。

——熱くて獰猛な舌が環のそれを貪り、口腔をちゅくちゅくと犯し始める。

✿　✿　✿

「っ……はぁっ……相馬……そうまぁ……」

甘く蕩けきった声が、まだ正午にもならない日中の部屋に響いていた。

かろうじて理性が残されていたのは、惨劇が起きた部屋から、続き間の寝室に移動するまで。

そのあとは互いの衣服を競うように剝ぎ合い、さながら蛇の交尾のように、寝台の上で延々とまぐわい続けている。

「っ、あぁ、姫様……いいです……気持ちいい……」

「私も――っ……ぁあ、ひぁあっ……！」

初めての口づけで昂《たかぶ》りきった体には、まどろっこしい前戯などいらなかった。

環を仰向けに押し倒すや、隆起したものを潤《ほと》びきった花床《はなどこ》に沈め、相馬はずんずんと腰を遣った。

指先までが痺れる愉悦に揉まれながら、環はぼんやりと思う。

(私も相馬も、正気じゃないわ……――)

同じ屋根の下には柳原の死体があって、相馬は警察に捕まってしまうかもしれないのに。

逃げるでもなく、自首するでもなく、やっと心が通じ合った喜びに浸り、ただこの瞬間の快楽に溺れて。

相馬の肌を滑る汗。眇《すが》められる瞳。獣じみた荒い吐息。

すべてが魅惑的で、狂おしいほどに愛おしい。

避けられない破滅が迫っているというのなら、いっそ、彼とともに死んでもいいと思えるくらいに。

「ここも、気持ちよくして差し上げますね」

囁いた相馬は、律動に揺れる乳房を揉みしだいた。紅梅の蕾のように凝《こご》った乳首が、巧みな指先で翻弄される。

「んっ、だめ……先、摘んじゃ……いやぁあっ、引っ張らないでぇ……っ」

「本当に駄目ですか？」

放埓《ほうらつ》な腰遣いとは裏腹に、尋ねる声は優しかった。

「俺は永遠にあなたの僕《しもべ》ですから。姫様が本当に嫌がられることはしませんし、できません」

ほら――と指と指の間で、きゅうっと乳頭を絞っておいて。

「嫌ですか？　気持ちがよくない？」

「ん……っ……ああああっ……」

「首を振るだけじゃわかりませんよ。続けてもいい？　――駄目？」

尖りきったそこを爪先で柔らかく引っ搔かれ、環はたまらずに本音を漏らした。

「あっ……だめ、じゃな……っ……」

「大きくなった乳首を、俺に弄《いじ》ってほしいですか？」

「し……して……気持ちい、から……っ」

「ああ――素直な姫様は、なんて可愛らしい」

感じ入った吐息を洩らした相馬は、そのまま胸に吸いついた。

ぬとぬとと舐められ、絡みつく舌に乳首を扱《しご》かれ、腰の奥から甘美な漣《さざなみ》が湧き起こる。

「っひ、あっ……はぁ……やぁんっ……」

「食べてしまいたいです。姫様の全部を、俺のものにしたい」

「い……っあああっ！」

じゅうっと吸引され、歯を立てられて、本当に食べられてしまうかと思った。

痛いはずなのに気持ちがいい。

乱暴にされるくらいでちょうどいい。

これまでずっと、閨のうちでは相馬のことをいじめてきたが、もしかすると自分にも被虐趣味の傾向があるのだろうか。

「姫様の中は、俺が乳首を嚙むたびに締まりますね」

相馬にも指摘されて、羞恥心を搔き立てられる。

「これまで優しくしすぎていましたか？　物足りない思いをされていたなら、すみません。もっともっと、姫様が感じられるように努めますから」

がりっ、と音が立つほどに強く齧られて、背中が撓《しな》る。

追い詰められ続けた乳首に、とどめのような快感が弾けて、相馬を咥え込んだ蜜壺がびくびくと収縮した。

「やっ……――ぁあんっ！」

体を震わせる環が達したことに気づいたのか、相馬が名残惜しげに胸元から顔を離した。

環の頭を両手で抱え、絹糸めいた髪の感触を慈しむように掻き回す。

「また、口を吸ってもいいですか……？」

問いかけておきながら答えを待たず、喘ぐ唇に食らいつかれた。

舌先で表面を舐められ、薄く開いた隙を逃さずに、ねっとりと奥まで差し入られる。

「……ん、ふ……ぁは……ん、うんっ……」

相馬の唾液を飲み干したくて、環はこくこくと喉を鳴らした。

はしたなくていい。

上品ぶらなくてもいい。

もっと二人でいやらしくなって、ぐちゃぐちゃの体液まみれになりたい。

「そんなに夢中でしゃぶってくださって……俺の舌なんて、美味しいですか？」

唇が離れると同時に見上げれば、色素の薄い瞳と目が合った。

笑みの奥に宿る、まぎれもない欲情の色。

躊躇も遠慮もなく、環の肉体を貪るだけ貪らんと餓《かっ》える眼差し。

もうずっと昔から、相馬にこんな目で見られたかった。

「ええ……美味しいわ……」

「こっちも？」

「あうぅっ……！」

熱く硬い雄茎が、どろどろの膣を突き上げる。

かと思えば急にじゅぽんっと抜かれて、割れ目をくちくちとなぞられるだけになる。

「こっちはどうです？　こんなに涎でいっぱいなのは、まだ食べたいからですか？」

「食べ……たい……」

強烈な飢餓感に襲われて、環は身も世もなく訴えた。

上の口とともに、腫れぼったくなった秘口も、物欲しげにはくはくと開閉した。

「ちょうだい――もう一度、相馬のでお腹いっぱいにして……っ」

「食いしん坊ですね、俺の姫様は」

にちゃあっと粘ついた音が立ち、反り返ったものがあてがわれる。

期待に震える秘花の奥へと、剛直は再び抵抗なく、ぐぷぐぷと潜っていった。

「ぁああっ――……！」

一旦閉じた媚肉を割り開かれる圧迫感は、眼裏《まなうら》がちかちかするほど心地いい。奥をごんごんと突かれるのも、臍の裏を雁首でぬちぬちと引っ掻かれるのも、恥丘《ちきゅう》同士を押しつけ合って秘玉をぐりぐりされるのもたまらない。

それだけで充分、限界に近いというのに。

「――好きです」

相馬がまっすぐに囁いてくれる。

至近距離で視線を絡ませ、これ以上はないというほど甘い声で。

「姫様が、欲しかった――願うことすらいけないと思っていたけれど、あなただけが、ずっと欲しかったんです」

「私も……好き……」

激しい突き上げを受け止めながら、環は切れ切れに口にした。

「相馬のものに、なりたかった……それが叶わないなら、お前を、誰にも、やりたくなくて……っ」

いつまでも一緒にはいられないとわかっていながら、一日でも長く繋ぎとめておきたかった。

支配しているように見せかけながら、本当に依存していたのは環のほう。

だからこそ、相馬のいない空虚な日々を、もう一度送るのだけは耐えられない。

(どこにも行かないで……)

叫び出したい衝動の代わりに、環は全身で相馬にしがみついた。

愛する男がここにいて、抱き合っている。

心も体もすべてが、お互いだけのものになる。

この瞬間を永遠に漂っていたいし、我に返ったあとのことなど考えたくない。

けれど、二度目の極みは容赦なく迫ってきていた。

「……っ——すみません。腰が、止まらない……止められない……っ」

がむしゃらな律動に、快感の堰《せき》が決壊しかける。

粘膜同士が絡み、離れ、また叩きつけられて、ばちゅっ、ばちゅっ、と大きな音が立つ。

「いやぁ……深いぃっ……っ！」

最奥が抉れる。

肉杭を呑み込んだ内壁が、ぎゅうぎゅうと引き攣《つ》れる。

その締めつけさえも振り切って、幾度も幾度も抜き差しされる灼熱の楔。

溢れた愛液が会陰を伝って敷布に染み込み、尻の下はびしゃびしゃに湿っている。

蕩け落ちる思考の中で、きっと自分は、このまま壊れてしまいたいのだと思った。

愛し愛された記憶を最後に、この命ごと砕け散り、相馬とともに果ててしまいたい。

「んん、ぁ……だめ……っそうま……わたし、いっちゃ……ぁああんっ……！」

「俺もです——ああ……出ます……姫様の中に、全部、出したい……っ」

浅い場所と深い場所を、相馬の肉槍はまんべんなく擦り上げる。

昨日の今日だというのに、膣道は彼の大きさにすっかり馴染んでいた。

恥骨《ちこつ》が砕けそうな抽挿の中、濡れた舌が白い首筋を這う。

薄い貝殻のような耳に達して、かり、と耳朶《じだ》を噛まれた瞬間、環の全身が引き攣った。

「っ、も……ぁああっ、い、くぅっ——……！」

甘い疼きが頂点に達して、胎《はら》の奥がどろりと溶けた。

揉み絞るような痙攣に、相馬の雄がひときわ膨れ、膣奥を撃つ射精が始まる。

「……っ……あ、姫様……、ぅ……く——っ！」

何度も何度も、終わりが見えずに注がれ続ける白濁。

最奥に亀頭をなすりつけての吐精は、孕め、孕め——と切望されているようだった。

大量に流し込まれた体液が逆流し、結合部の隙間からごぷっと零れる。

痺れきった頭の片隅で、もったいない、ととっさに思った。

「……相馬……」

力を失い突っ伏してくる、汗だくの体を抱きしめる。

懸命に息を吸っているつもりなのに、空気が肺にまで届かない。

指一本すら動かせないほどの倦怠の中、じわじわと現実感が戻ってきた。

——陛下に転がる柳原の死体。

彼のほうにも非があるとはいえ、人を殺《あや》めた相馬と自分が、平穏に生きていける未来などない。

「……姫様？」

かちかちと歯の鳴る音に気づいて、相馬が乳房に埋めていた顔を上げた。

「大丈夫ですか？　——寒い？」

「怖いの……」

さっきまではあんなに熱かったのに、どれだけぴったり抱き合っていても、体温が奪われていく気がする。

「柳原さんが……どうしよう……私たち、これからどうしたら……」

「ああ——あれですか」

今思い出したというように、相馬が呟く。

柳原の遺体を「あれ」と呼ぶ声は冷ややかで、それでも環に向ける視線だけは異様なほどに甘かった。

「姫様は、何も心配なさることはありません。俺が——」

相馬がなんと続けるつもりだったのか、環は聞き損なった。

初めの異変は、音だった。

――かたかた……かたたた……。

寝台脇のチェストに置かれた洋燈《ランプ》が、細かく震え始める。

次《つ》いで、ガラス窓がびりびりと。

天井の梁や柱がみしみしと。

庭木から一斉に飛び立つ鳥の羽音。

遠くで狂ったように吠え立てる犬の声。

「きゃあっ……！」

ずんっ！　と突き上げるような衝撃が走り、寝台が宙に浮いた。

荒れた海にいきなり放り出されたように、内臓に不快感が広がった。

「な、何……地震？　いやぁぁあっ……！」

「姫様！」

相馬の大きな体が、再び覆いかぶさってきた。

揺れは長い間収まらず、屋根と壁がこの世の終わりを告げるように軋んだ。

「大丈夫です――姫様、大丈夫です」

何が起こっているのかわからない混乱の中、耳元で繰り返される。

「俺がいます。どんな災いからも、今度こそあなたを守ります」

「相馬……！」

怖かった。

けれど、環はどこかで諦念《ていねん》を覚えてもいた。

壊れていく世界で、好きな男と二人きり。

（こんな終わりなら……――）

悪くない。

思った瞬間、激しい揺れに窓枠がひしゃげ、嵌め込まれたガラスが砕け散る。

金剛石のようにきらめく破片が、相馬の背に雨のごとく降り注ぎ、環は轟音《ごうおん》を掻き消す悲鳴をあげた。

終章

桃花心木《マホガニー》の扉が開かれた先に踏み込めば、そこは夜毎に繰り広げられる、きらびやかな社交の舞台だ。

船内一階の舞踏室《ボールルーム》では、楽団による生演奏の円舞曲《ワルツ》が流れていた。

乗客のほとんどが西欧の富裕層である豪華客船には、服装規定《ドレスコード》なるものがある。男性は黒の燕尾服《えんびふく》で、対する女性が纏うのは、裾の広がった色とりどりの舞踏服だ。

金髪や銀髪の男女がこぞって踊り、談笑し、給仕の配るシャンパンで喉を潤す。

シャンデリアの光が眩しかったのか、隣に寄り添う環が顔をしかめた。

その顔色がわずかに青い気がして、相馬は声を潜めて尋ねた。

「船酔いですか、姫様？　気分が悪いなら、部屋に戻りましょうか」

「違うわ。……五年前のことを思い出して」

絹の手袋を嵌めた手が、燕尾服の背中をきゅっと掴んだ。

なるほど、と相馬は納得する。

シャンデリアに吊り下げられた、鋭角的な形のクリスタル。そこに乱反射する光に、割れたガラスが降ってきたときの光景が蘇ったらしい。

「心配いりませんよ。あのシャンデリアは頑丈で、落ちてくるようなことはないですし。それに、俺の傷は姫様をお守りできたことの証――いわば名誉の負傷ですから」

得意げに胸を張ると、環の表情がやっと緩んだ。

それでも、ガラス片にずたずたにされ、無惨な傷の残った背中に添えられた手は離れなかった。

(俺のことなんて、本当にどうでもいいのに)

労《いたわ》られること自体はありがたいが、傷痕を目にするたび、いまだに申し訳なさそうな顔になる環の気持ちは解《げ》せない。

名誉の負傷などと言ったが、相馬自身はまったくそんなふうには思っていなかった。

環の身が損なわれることのないよう、自分が楯になるのは当たり前のことだからだ。

かつて彼女に怪我を負わせたことを思えば、腕や脚の一本なりと失って、やっと釣り合いがとれるのに。

「……何?」

環をじっと眺めていると、居心地悪そうに首をすくめられた。

「いえ。今日も姫様がお美しいので、見惚れています」

「っ……馬鹿じゃないの？　毎日ずっと一緒にいるのに」

正直な思いを口にしただけなのに、可愛らしい悪態をつかれてしまった。

今夜の環の装いは、彼女の好む西洋スミレを思わせる紫のドレスだった。

軽い質感のタフタ地は、胸元のシャーリングとスカートに施されたギャザーによって、光沢と陰影が交互に織り出されている。

鎖骨を美しく見せる襟元には、たっぷりと縫い留められた小粒の真珠が、無数の星のように輝いていた。

「そのドレスもとてもお似合いですよ」

「仕立てさせたのは相馬じゃない」

「だからです。俺は誰よりもあなたのことを見ていますから。姫様に似合うものは、俺が一番よくわかっています」

言葉を重ねるほど環の頬が赤くなり、琥珀のイヤリングを飾った耳や、ほっそりした首筋までが色づいた。

その様子を目にするだけで、腰の奥が興奮で重くなる。

周りの人目さえなければ、今すぐ食らいついているのに——と考えたところで、彼女をここに連れてきた目的を思い出した。

「せっかくドレスアップしたのですし、踊りましょうか」

「えっ……でも……」

環が躊躇うのは、ダンスが苦手だからではない。

この五年間はほとんど海外生活で、様々なパーティーに出る機会があった。相馬のほうでも、彼女の右足に負担をかけない動きや、体重を支えながら踊るリードの仕方を身に着けた。

だから強引に誘っても問題ない。

環が尻ごみする理由は、別のところにあるのだから。

「少しだけです。——ほら」

ぐずぐずする環の手を引き、踊る人々の輪に加わる。

船内では珍しい日本人に注目が集まるが、その視線は差別的なものではなかった。

長身な相馬は西洋人にも劣らないほど見栄えがするし、環の肌の白さも同様だ。二十代半ばになっても、いまだに少女めいたところのある彼女の顔立ちは、オリエンタルな魅力に溢れてもいる。

大勢に見られていることを意識してか、環の息があがり始めた。

いつもは難なくこなすターンでもたつき、腰をやたらにもじもじと揺らした。

「相馬……これ、駄目……っ」

「何がですか？」

「動くと、駄目なの……中で……擦れて……」

蚊の鳴くようなあえかな声でも、これだけの近距離ならば伝わった。

けれど相馬は聞こえないふりで、環が口にしていないことまでを言わせようとする。

「何が擦れているとおっしゃいましたか？　中というのは、どこの中でしょう」

「わ……わかってるでしょう？　意地悪……っ！」

環の顔はますます赤くなり、瞳が潤み始めていた。

——意地悪。

それを環が言うのかと、おかしくなって相馬は笑う。

あの四ツ谷の屋敷で暮らしていた頃、相馬をさんざん辱め、いじめてくれたのは彼女のほうだ。

もっとも相馬にとっては、恥をかかされるのも焦らされるのも、環に構ってもらえるだけで、ひたすらありがたいご褒美だった。

(懐かしいな……)

あの頃の仕返しというわけではないが、環の膣内には今、大振りな張型が埋め込まれている。抜け落ちない工夫をしてあるので、曲に合わせて動くたび、ごつごつした出っ張りが敏感な場所に当たるという寸法だ。

外からは見えないとはいえ、衆目の中でこんなことをしている事実が、ますます感度を高めるのだろう。

「……お願い、相馬……なんとかして……」

秘密の刺激が限界に達しそうなのか、環は相馬の胸元に顔を埋め、弱々しく懇願した。

衣服ごしにもわかるほど、その体は火照りきっている。

途端、相馬の裡《うち》にもむらむらとした欲情が込み上がってきた。

どうしようもなく我慢できなくなっているのは同じなのに、表向きは涼しい顔を保って囁きかける。

「つらい思いをさせましたね。部屋に戻ったら、楽にして差し上げますから」

「……ん……」

唇を噛んで頷く様子がいじらしく、相馬はその首筋に思わず、かすめるような口づけを落とした。

「やんっ……！」

「お静かに。そんなに色っぽい声を、他の男に聞かせたら」

「聞かせたら……何……？」

その先の言葉を待ち望むように、環の喉がごくりと鳴った。

「――いつも以上に、たっぷりとお仕置きをしてあげますよ」

「あぁ……っ……」

細い腰に回した手から、ぶるるっと細かな震えが伝わる。

自分の言葉ひとつで環が達したことを知った相馬は、周囲にぎょっとされるのも構わず、大きく声をあげて笑った。

❀　❀　❀

今は元号も改まったが、五年前の日本は、まだ大正という時代にあった。

——大正十二年、九月一日、午前十一時五十八分。

のちに関東大震災と呼ばれる、未曾有《みぞう》の災害が発生した瞬間だ。

あの日のことを、相馬はたびたび思い出す。

第一波がおさまったのち、屋敷はどうにか崩れずに持ちこたえていた。だが、あちこちから不気味な軋みが響き、次の揺れが来れば倒壊する危険もありえた。

(姫様を安全な場所にお連れしなければ)

相馬の頭にあったのはそのことだけで、自身の痛みには意識が及ばなかった。

背中が妙にぬるぬると思ったら、大きなガラス片がいくつも突き刺さっており、初めて流血していることに気づいたくらいだ。

腕の中の環は、気を失っていた。

地震の恐怖に加え、相馬の血を目にしたことで、張り詰めていた神経が耐えきれなくなったのだろう。

目立つ破片を手探りで取り除いた相馬は、敷布を裂いて巻きつけ、とりあえずの止血をした。その上から服を着て、ぐったりした環にも着物を纏わせる。

動かない女に着付けをするのは難儀といえば難儀だが、できないことはなかった。

（……こういうのも、昔取った杵柄《きねづか》というんだろうか）

帯を太鼓に結びながら、相馬は過去に思いを馳せる。

小早川家を追い出されてからの一時期、相馬は横浜のドヤ街で、魂の抜けた生活を送っていた。

初めは日雇いの人足として働いていたが、飯場《はんば》で知り合ったチンピラに誘われるまま、ヤクザの舎弟のようなことをして暮らし始めた。

シノギと呼ばれるあれこれも、当時は言われるままにこなした。明らかに法に触れることもあったはずだが、環を失った身には善も悪もなく、捕まるなら捕まれという投げやりな心境だった。

兄貴分のヤクザには三十路手前の情婦がいて、彼女が切り盛りするバーの二階に、相馬は間借りしていた。兄貴分はときどき、相馬がいることを知っていながら、隣の部屋で激しく情婦を抱いた。

彼らにとってはそれが刺激になったのだろうが、大仰な喘ぎ声や、肉と肉がぶつかる音を聞かされても、相馬はなんの劣情も催さなかった。呆れた兄貴分に娼家へ連れていかれたこともあるが、心身ともに一切反応しない相馬に、敵娼《あいかた》も憤慨する始末だった。

そんな相馬のことを、兄貴分は『こいつは玉無しだ』と笑っていた。

彼らの交わりには、おそらく非合法な薬が使われてもいたのだろう。情婦はいつも大声で『死ぬ、死ぬ』と絶叫し、事を終えるたびに泡を吹いて失神していた。

兄貴分から『後始末しとけ』と命じられ、相馬は気絶した情婦の体を清め、服を着せる役目を仰せつかった。着物の着付けも、ついでに女の体の造りについても、ひととおり学んだのはあの頃だ。

やがて兄貴分の浮気が原因で、情婦は愚痴を零しがてら、相馬に色目を使い始めた。

『あんた、本当に女に興味がないの？　そんな綺麗な顔してるのに、もったいない。何をされたらおっ勃《た》つわけ？』

『……四つん這いになって背中を踏まれたときに、そうなったことはあります』

歪んだ性癖を暴露したいわけではなかったが、何かを言わねば解放されない空気だった。

案の定彼女は、『何それ、変態！』と気味悪そうに吐き捨てた。しかし後日、店を閉めたあとでしたたかに酔っぱらい、相馬の布団に裸で潜り込んできたのだった。

『今夜は、あんたの好きなことしてあげる。背中でもあそこでも踏んであげるから、ねぇ、相手してよ。あたし寂しいんだよ』

相馬は心底うんざりし、纏わりつく女の体を邪険に押しやった。

両手に余る乳房も、豊かに張った尻も、相馬にとってはぶよぶよした肉の塊にしか見えなかった。彼にとっての女とは、当時十四歳にもならなかった「姫様」一人だけだった。

間の悪いことに、そこへ兄貴分が帰宅した。情婦は途端に掌を返し、『この子が無理やり襲ってきたのよ！』と被害者のふりをした。

激高した兄貴分に殴られ、半殺しの目に遭わされながら、相馬は既視感を覚えた。

小早川家を馘《くび》になったときも、こんなふうに使用人たちから暴行を受けた。

あのときと違うのは、この件に関しては自分に非がないと思えること。

そうして、兄貴分の懐からごとりと落ちた拳銃に、偶然手が触れてしまったことだ。

『きゃあああっ――――！』

先に耳をつんざいたのは情婦の悲鳴で、銃声の残響は遅れて届いた。

ゆっくりと焦点を結ぶ視界に映ったのは、踏みにじられた赤い薔薇のように、頭部の肉片をまき散らした男の死体。

銃把《じゅうは》にかけた指が痺れていて、それが発砲の衝撃のせいだと気づいた相馬は、自分は人を撃ったのか――と他人事のように理解した。

狂乱する情婦を残し、相馬はふらふらと夜の街に出た。

後悔も恐怖もなかったが、久しぶりにしんと冷えた悲しみを感じていた。

（人殺しになった俺を、姫様は怖がるだろうな……）

公園の水道で返り血は落としたけれど、犯した罪までは拭えない。

そのとき相馬はようやく、自分は何をやっているのだろうと我に返った。

『もしも姫様が困っていて、俺なんかでも役に立てることがあるなら、そのときは何をおいても駆けつけます』

環のもとを去った朝、そう誓ったはずなのに、こんな腐った生活を続けていては、役に立つも立たぬもない。

目が覚めたような心地になって、相馬は無意識に持ち出していた拳銃を、公園の木の根本に埋めた。

そのまま、追手がかかる前に次の行動を起こす。

井津元輝彦という経済人の活躍は、以前から新聞で読んで知っていた。

彼自身が裸一貫でのしあがってきた泥臭い人物であることも、運に恵まれない若者を支援したがる酔狂な癖があることも。

さらに、毎週金曜の夜は行きつけのクラブで遅くまで過ごすことも、その店が横浜の馬車道にあることも。この日が金曜日だったのは、天の采配としか言いようがない。

　路地の暗がりに潜み、これだと当たりをつけた高級車が走ってきたとき、相馬は誰かに突き飛ばされたふりで通りにまろび出た。

　意図的に接触事故を起こし、まんまと懐に入り込んだあとは、井津元の好む誠実な若者像を演じた。帝大生だったという父譲りの頭脳で勉学に励み、一国一城の主となって、金を貯《たくわ》えることだけに腐心した。

（俺が姫様のためにできることは、それしかなかったから）

　相馬が追い出された時点で、環の父の遊蕩は度を越したものになっていて、早晩行き詰まることは予想できた。

　小早川家の動向に目を配り、ここぞという瞬間に環を苦境から救い出す――そんな日を想像するときだけ、自分が生きていることを許せる気持ちになった。

　しかし、彼女の恩人になれたところで、この手は血に汚れている。

　どれだけ立派な社会人の皮をかぶったところで、その正体は薄汚い野良犬で、溝鼠《どぶねずみ》で、卑劣な殺人者だ。

　卑劣な相馬は、環の母の佳寿子までを助けようとは思わなかった。

　もう少し早く帰国していれば……などというのは方便で、実際は佳寿子が自滅し、環が吉原に売られる時機を冷徹に見極めていた。

佳寿子のせいで環と引き離されたことを恨むというより、彼女に否定されるたび、環が悲しそうにしていたからだ。

あの母親は娘に呪いをかけるばかりで、きっと環を不幸にする。

それは相馬自身、『お前なんか産まなきゃよかった』と実の母に罵られ続けて、実感していたことだった。環に害をなす者は、この世から消えて当然なのだ。

吉原の銀華楼で再会し、花魁姿の環と対峙したとき、狂喜のあまり相馬はどうにかなりそうだった。

記憶の中の面影より、環はずっと美しくなっていた。そのくせ、あの頃とまったく同じように凛として、我儘なようで脆《もろ》かった。

環がきつい言葉を放つのは、それを許してくれる相手を見極めているからだ。

要は甘えと信頼で、そんな姿を見せるのは自分以外にいないと相馬は自負していた。いまだにそうなのだとわかっただけで眩暈がし、天にも昇るほどに幸福だった。

環が一時的にとはいえ、ひとつ屋根の下で暮らしてくれる。

自分が稼いだ金で食事をし、身を飾り、相馬なしでは生きていけない状況にある。

だからといって恩を売るつもりはないし、ものにしようなどという気も毛頭なかった。

環の姿を目にし、声を聞き、彼女と同じ空気を吸えるだけで、溝鼠には過ぎた幸せなのだ。あとはひたすら自分の汚い部分を隠して、この幸福を一日でも引き延ばしたいという思いしかないはずだった。

（なのに、駄目だった。よりにもよって、俺の下劣なところばかりを姫様に見られて――）

　環を抱きしめて勃起したり、自慰に耽っているところを目撃されたり、彼女に触れたい気持ちを抑えきれず、入眠儀式と称して淫らな悪戯を仕掛けたり。

　環が柳原と付き合い始めたのは、これ以上、こんな気持ちの悪い男とは暮らせないと考えたからだと思っていた。

　柳原の会社の業績が芳《かんば》しくないという噂は聞いていたが、なんといっても彼は伯爵家の人間だ。事業が失敗したところで食い詰めることはないだろうし、環の選択に口を挟む権利はないと、のたうつ嫉妬心を必死で封じ込めていた。

　だから、二人きりの温泉旅行を提案されたときは面食らった。

　相馬の湯治に付き添うという名目だったが、現地での環は婚約者のふりまでして、実に楽しそうだった。

　相馬は当惑し、混乱した。

　環は自分のことなど、本当は疎んじているはずだ。

　閨でのあれこれを拒絶しなかったのは、年頃の娘らしい好奇心からで、相手が相馬なら無体を働かれることはないとわかった上での、安全な火遊びのはずだった。

しかし環は、柳原との婚約を解消すると言った。

あまつさえ、彼女のほうから強引に体を繋げようとして——流されるまま、貞操を奪ったのか奪われたのかわからない形で、ついに一線を越えてしまった。

呆然としたまま夜が明け、翌朝になってみれば、環の姿はどこにもなかった。

宿の人間や駅員に聞き込みをして急いで追うと、環を前にした柳原が、己の悪事を告白している場面に行き合った。

悪党というなら、相馬も到底人のことは言えない。

それでも、環を押し倒す柳原を目にした途端、数年前と同じことが起こった。

周囲の音が遠ざかり、その場に落ちていたナイフを迷いなく手に取る。

的確に急所を突き、噴き上がる返り血を浴びても、罪悪感を覚えるべき心は凪《な》いでいた。

以前と違うのは、言い訳のしようのない瞬間を環に見られてしまったこと。

これで完全に、環のそばにいることはできなくなった。彼女の身を守れたならば、あとは逮捕されようが死刑になろうが構わない。

自首しようとする相馬に、しかし環は『行かないで』と叫んだ。

そうして、相馬は知らされた。

すべてのきっかけになった六年前の事故は、相馬だけに非があるのではなく、環の恋心にも起因するものだったこと。

良心の呵責を感じていたのは彼女も同じで、ずっと苦しんでいたのだと。

(姫様が、俺を好きだと言ってくれた。俺のものになりたいと望んでくれた。だったら俺は、何があろうとその願いを叶えるだけだ)

——帯締めを結び終えると、ようやく環の身支度が整った。

相馬は仕事部屋に向かい、机の引き出しを開けた。柳原もそこは調べたようだが、二重底になっていることまでは気づかなかったのだろう。

彼が探していた帳簿とともにしまわれていたのは、かつて兄貴分の命を奪い、土に埋めた拳銃だった。

殺人の証拠を放置できず、ひそかに掘り出して保管していたものだが、今後必要とするときが来るかもしれない。

拳銃を懐に忍ばせた相馬は、気絶したままの環を抱いて階下に降りた。彼女をひとまず外に運び出したあと、再び家の中に戻る。

階段の下、柳原は白目を剥き、首を捻じ曲げて死んでいた。

その背中から、無造作にナイフを抜き取る。これはどこかで始末しておかなければならないだろう。

あとは厨房に行って、ちょっとした細工をするだけだった。包丁と鍋を出し、それらしい食材をまな板に並べ、調理の途中であるかのように見せかけておく。

まだガス漏れはしていなかったようで、コンロの火は無事に点いた。

そこに調理油をぶちまけ、一気に燃え広がるのを見るや、振り返らずに家を出る。

「お待たせしました、姫様」

返事がないと知りながら、相馬は環を横抱きにして語りかけた。

「もう何も心配いりません。姫様のことは、俺がずっとお守りします」

かつてない規模の地震に、すでに相当な混乱が起きているようだった。ここから見える限りでも、あちこちで黒煙が立ち昇り、空が赤く染まっている。

ちょうど昼餉時《ひるげどき》だった。食事の支度をしているところに地震が発生し、火事が起きた家は多いはず。

相馬の屋敷もその中のひとつになるだけだ。

使用人が出払った家に、予定を早めて帰宅した自分たちが、慣れない料理にかかっていたところ、不幸な災害に見舞われた。

さらに運が悪かったのは、留守宅だと思い込んで侵入した、名も知れぬ泥棒だろう。

逃げる際に階段を転げ落ちた彼は、昏倒している間に火に巻かれ、あえなく焼死の顛末を辿るのだ。

詳しい検死が行われれば、こんな言い訳は通らないが、この非常時にいちいち調べが入るとは思えない。後ろ暗いことをしようとしていた柳原は、行き先を誰にも告げていないだろうし、行方不明者の一人として処理される可能性が高いはず。

――結局、五年が経っても真相は暴かれず、目論見どおりになったのだから、あの震災は相馬にとって僥倖以外の何ものでもなかった。

四ツ谷の屋敷は全焼し、会社は被災を免れたものの、日本全体の景気が悪化し、業務を縮小せざるをえなかった。が、そんなことは些末なことだ。

その後、相馬は友人の建設会社に投資し、東京の復興の一端を担った。

元号が昭和に変わり、ある程度の落ち着きを見せたところで、再び貿易業のほうに本腰を入れ、各国を渡り歩く日々を送っている。万一にも過去の罪が表に出て、足がつきそうになれば、そのまま海外に逃亡することも見越してだ。

その傍らには、いつも環がいる。

柳原の末路を知って青ざめ、ずいぶん葛藤したものの、

『相馬と一緒にいられるなら、私も共犯者でいい』

と言い切り、あの日の出来事について口裏を合わせてくれた彼女が。

いまだに人前でも、「相馬」「姫様」と呼びあう癖は変わっていないが、周囲が外国人ばかりの環境では、気にする者もあまりいない。

大切なことは、自分たちだけが知っていればいいのだ。

改まった式も挙げず、籍を入れただけに過ぎないが、今の彼女の名は小早川環ではなく、

相馬環であることを。

❀　❀　❀

一等船室の内装は、目に映る何もかもが洗練され、落ち着いた高級感に溢れている。大海原を見渡せる窓にかかった天鵞絨《ビロード》のカーテン。天蓋つきの広い寝台。紫檀《ローズウッド》のテーブルセットに、ステンドグラスの洋燈《ランプ》に、大理石の洗面台。

そんな空間にはさきほどから、じゅぷ、じゅぽっ、ぷぽっ——という、場に不釣り合いで下品な音が響いていた。

舞踏室から戻るなり床に跪いた環が、夫の逸物《いちもつ》を必死に口淫する音だ。

さっきまで身に着けていた紫のドレスは、相馬の手によって脱がされている。五年前よりも肉感的になったその身を飾るのは、白い肌に食い込む赤い麻縄のみだった。

身じろぎするたびにきゅっきゅと鳴って、柔らかな肉を締めつける縄は、いわゆる亀甲縛りの形で環の胴体を縛《いまし》めている。

乳房は大きくくびり出され、女陰に収めた張型が抜けないよう、股間にもぎちぎちと縄が回されていた。

張型は肥後芋茎《ずいき》と呼ばれるもので、熊本産のハスイモの茎を、こけしのような形に編み上げた性具だった。ハスイモの成分が女性器にむずむずとした刺激を与え、江戸時代には大奥でも用いられたという謂《いわ》れがある。

今日は昼食前にも一戦交え、膣内にたっぷりと精を放った相馬は、流れ出るそれを堰き止めるように、この張型で栓をした。

恥ずかしいこの恰好の上から、環はドレスを纏って半日近くを過ごしていたのだ。誰かに気づかれるかもしれないという緊張に耐え、身動きするたび股間に生じる快感を懸命にやり過ごして。

「ふふ……姫様は本当に美味しそうに、俺のこれをおしゃぶりしますね……」

寝台に腰かけた相馬はズボンの前立てを開き、己の男根に食らいつく妻の髪を、愛おしげに撫でつける。

「だって……相馬が言ったんじゃないの」

ぬめる舌を亀頭に這わせながら、環は恥ずかしそうに言った。

「『先にお口で達かせてくださったら、張型の代わりに本物をあげましょう』って……」

「そんなことを言いましたか？　俺が？」

相馬は白々しく空とぼけた。

「まぁどのみち、姫様はいやらしいことが大好きですから。俺に言われなくても、自分から舐めてくださったんじゃないですか。——もっと深く呑み込めるでしょう？」

「んぅ、ぐっ……ぇう、んんっ……」

膨張する肉棒に奥を突かれ、目に涙を浮かべながらも、環は健気な奉仕に努めた。

喉の粘膜で亀頭を扱《しご》くように、一心不乱に首を振る。商売女もかくやというほど、その舌遣いは熟練していて、ともすれば簡単に持っていかれそうになってしまう。

「ねぇ、姫様。俺はどこに出せばいいんです？」

猫の仔にするように環の顎をくすぐりながら、相馬は問いかけた。

「姫様の胸に？　それともお腹に？」

「口か……顔……っ」

揺れる陰嚢までたぷたぷと揉み込みながら、環は無我夢中で訴えた。

「いっぱい、汚していいから……ね……早く出して……あそこに、挿《い》れてぇ……」

「じゃあ、もっと本気でしゃぶってくださいよ」

突き放すような口調で言うと、環の肩が小さく震えた。

怯えているのではない。悦《よろこ》んでいるのだ。

「口や顔に精液を出してほしいなんて、元華族令嬢の言葉とも思えませんね」

「ああ……言わないで……」

哀れっぽい上目遣いになりながら、環は濡れた唇で肉茎を包み、いっそう熱心に頭を上下させる。飲み込みきれずに溢れた涎が、ちゅぷちゅぷと卑猥な音を立てた。

生臭い体液を早く味わいたいとばかり、じゅっと強く吸引されれば、相馬の下腹部にも力がこもる。

鈴口をくじられ、敏感な亀頭を甘噛みされて、急速な射精感が駆けのぼってきた。

「ん——口に、出しますよ……飲んでください……零さないで」

「う……んっ、んっ、ぐ……！」

びゅるびゅると口内に逆る白濁液を、環は嫌な顔ひとつせず飲み下した。

尿道に残る最後の一滴までを啜ろうと吸い上げ、もう何も出ないとわかったあとは、名残惜しそうにようやく唇を離した。

「こんな汚いものまで飲み干すなんて、本当に淫乱な姫様ですね」

「っ……」

傷ついたように目を伏せても、その頬は紅潮している。

環の中に潜む被虐嗜好に気づいたのは、想いを通い合わせて割とすぐのこと。

普段は優しい相馬から、手ひどく辱められるという落差に、彼女はこの上なく感じるようなのだ。

(——どちらの姫様も俺は大好きですよ)

人前では毅然と胸を張り、元華族の気高さを失わない環。

その反動のように、自分の前でだけ弱々しくなり、だらしない快楽に堕ちゆく環。

両方の姿を見たいから、相馬もまた、昔ながらの従者らしい顔と、傲慢な支配者の顔を使い分ける。

実際のところ、相馬自身もどちらが素に近いのかわからなかった。

虐げられることで快感を覚えるのが自分の性癖だと思っていたが、どうやらそういうわけでもないようだ。

もしも環が望むのならば、首を絞めたり鞭《むち》で打ったりという過激な戯れも、自分は彼女を悦ばせるために進んでこなすだろう。

結局のところ、相馬圭吾という人間の生き方は、環次第なのだ。

初めて出会った日から、相馬の世界は「姫様」だけで占められて、彼女の要求を満たすことで満たされる。

環のそばにいられれば、確固たる己などなくても構わないと思っているのは、使用人時代からのことだ。

それを空虚というのなら、こんなにも幸福な空虚はなかった。

長く連れ添ううちに、「昔とは変わった」と相手を詰《なじ》って別れる夫婦もいるけれど、環が今後どのように変化しようと、相馬もそれに応じた形に自分を作り直せばいいだけだ。

「ね、相馬……まだこんなに硬いわ……だから……」

射精後もいっこうに萎えない男根を撫でさすり、環は物欲しげな目でねだってくる。

もはや挿れてもらうことしか考えられなくなっている彼女に、相馬は毅然と命じた。

「床の上で四つん這いになって、お尻をこっちに向けなさい」

「……ん……」

かつて、彼女の踏み台になった相馬と同じ姿勢を、環は嬉々としてとった。発情しきった雌犬のように尻を振り、早く早くと催促する。

環の後ろに回った相馬は、股間を覗き込んで、食い込む縄を左右に分けた。長時間嵌め込まれたままだった肥後芋茎を引き抜けば、昼間の精液と環の愛液を吸ったそれは、すっかり柔らかくなっていた。

「ほら、わかりますか？　俺と姫様のいやらしい匂いがぷんぷんします」

見せつけるついでに鼻先に突き出し、発酵したような匂いを嗅がせてやる。

「使い心地はよかったですか？　以前の鼈甲《べっこう》の張型と比べて、どうでした？」

「……大きくて、押し広げられる感じがするのは鼈甲のほう。でも、こっちは途中で柔らかくなるから、ずっと入れてても痛くないし……芋茎の汁が染み出て、うずうずするのが……すごく……」

「気に入ったんですね」

途切れた言葉を引き取ってやると、環は目元を染めて頷いた。

「では、これも次の商談で勧めてみましょう」

経営者の顔で相馬は呟く。

貿易業を再開するにあたって、相馬は扱う商品の種類を増やした。そのひとつが世界各地で愛用される、媚薬や張型といった特殊な淫具だ。

この手の好事家《こうずか》というのはどこの国にもいる上、暇を持て余した金持ちほど、不道徳で淫猥な遊びに耽りたがる。この肥後芋茎はいかにも日本情緒があるし、西洋での人気が見込めそうだ。

逆に、異国で見つけた珍しい品を日本に輸入することもある。それらの見本品を、趣味と実益を兼ねて夫婦の寝室に持ち込むのが、二人の間ではお決まりの遊びになっていた。

しかし、いつまでも商売のことを考えていると、環が焦れるのもいつものことで。

「もうっ……相馬ったら、何してるの」

一瞬でも放置されることが耐えられないとばかりに、強気な環が浮上する。

「使用感を知るのが大事だっていうなら、あれはどうなの？　この間、仕入れるかどうか迷ってた、仏蘭西《フランス》製の」

「ああ……あれはさすがに、マニア向けじゃないかと……いや、だからこそ高く売れるんですかね？」

首を傾げて思い出すのは、男性向けと銘打って売られていた後孔用の性具だ。

もちろん女性に用いてもいいのだが、いくつものゴムの珠《たま》が連なった形をしていて、直腸の裏にある前立腺とやらを、ちょうどよく刺激するらしい。

「相馬が一度、自分で試してみればいいじゃない。私が手伝ってあげるわよ」

「ああ、それもいいですね」

こだわりなく頷く相馬に、環は淫靡な微笑みを浮かべた。久しぶりに夫を喘がせ、乱れさせる想像に、興奮しているようだった。

最近は相馬が攻める側に回ることが多いが、閨での二人の役割は、必ずしも固定されているわけではない。

二面性のある環を相馬が好いているように、環のほうでも同じことが言える。

いじめられるばかりなのに飽きると、ふいにまた昔のように、お馬さんごっこをしようと提案してくる。着衣の環に対し、相馬は全裸でだ。

四つん這いになって環に跨がられ、剝き出しの尻を叩かれるだけで、相馬の雄茎はびんと反り返り、何度でもどぷどぷと精を噴く。

「ですが、今は姫様を満足させて差し上げるのが先ですから」

「んっ……ぁあっ、太いの、入って……ひっ、あ、ぁああっ――……！」

突き出された尻を摑み、濡れそぼった秘裂に剛直をずぷずぷと埋め込めば、環は甘やかな嬌声を放った。

芋茎の成分が残っていたのか、ほんの少し出し入れするだけで、こちらの性器まで充血してむずむずしてくる。

「は――たまらない……熱くて、どろどろで、気持ちいい……」

「私も……あっ、あっ、動いて……たくさん突いて……壊れるくらい、めちゃくちゃにしてぇ……！」

縄に縛られたままの身をよじり、環はあられもなく叫んだ。

請われるままさらに深い場所を穿ち、最奥を激しく掻き回す。粘ついた音を立てて蜜が飛び散り、相馬の茂みを濡らしたのち、床に滴り落ちていった。

「んっ……相馬……好きぃっ……大好き……」

「俺もです」

首をひねり、蕩けた瞳で訴える環に、相馬は覆いかぶさって唇を合わせた。

互いに窮屈な姿勢のまま、呼吸を奪い合うように口づける。

くちゅくちゅと舌を絡ませ合い、角度を変えて、何度も、何度も――。

(……やっぱり、あなたは俺のすべてだ)

衝動のままに腰を振りたくりながら、相馬は思う。

何者にもなれるが、何者でもない。

そんな相馬のことを、環は肯定してくれる。

汚れた野良犬で、溝鼠で、人殺しでもある男を、環だけは必要としてくれる。

罪の証のあの拳銃は、今も旅行鞄の底に忍ばせてある。何かあれば、いつでも環を守れるように。

彼女に触れるこの手は綺麗ではないけれど、共に汚れてくれるという環に、自分は生涯尽くしていこう。

被虐と嗜虐の狭間を行き交いながら、終わらない禁断の悦びを二人きりで享受しよう。

「んぅ、ぁあああっ……もういく――いく、っ……!」

絶頂に震える華奢な体を、折れるほどに抱きしめて。

「――愛しています、俺の姫様」

己の輪郭が薄らぎそうな快楽の中、相馬は環の一番深い場所に、想いの丈を注ぎ込んだ。

あとがき

こんにちは、もしくは初めまして。葉月《はづき》・エロガッパ・エリカです。

唐突ですが、紙幅《しふく》も限られているので、今まで秘めてきた性癖をぶっちゃけます。

桃色シーンで、これでもかと喘ぐ男性キャラが大好きです。

自覚したのは、過去のお仕事で声優さんの収録現場に立ち会ったときです。それまでは「あんまりにも喘ぎすぎる男子って、ヒーローとしては微妙では？」と懐疑的だったのですが、プロの技による色気の洪水に、秒でノックアウトされました。

切羽詰まって、余裕をなくして、堪えきれない快感に思わず裏返る声——ええやん！

音声がつかないことを承知で、小説でも喘ぎまくるヒーローを書いてみたいと思い始めたのはその頃からです。

いっぱい喘ぐのが自然なキャラとなると、Mっ気のあるいじめられ男子？　だったら、必然的にヒロインはS？　しかしそれ、乙女小説的にどうなんだろう。あ、でも、元来その気はないのに、ヒーローによって開花させられていくSヒロインというのはありかもしれない。「歪んだ愛は美しい」の、我らがソーニャ文庫さんなら！

という経緯で生まれた本作は、大正末期の没落令嬢と元使用人による、噛み合わない恋物語になりました。

気弱で従順に見える相馬ですが、恋愛面ではちっとも思い通りに動いてくれない、癖の強い男です。「SはサービスのS」とよく言われますが、振り回しているのはこの場合、M側なんですね。狡いよね。環としては、好きだからこそ余計に苛々するだろうなぁと。

そんなわけで『狡猾な被虐愛』なのでございます――と、担当さん考案のタイトルを、ここぞとばかりにドヤるエロガッパ。こいつも狡いな！


イラストを担当してくださった、藤浪《ふじなみ》まり様。

表紙の構図とキャラデザインを何種類もご提案いただき、選ぶのにとても悩みました。どれも捨てがたく、日の目を見ない分がもったいなさすぎて。

完成したカバーイラストは、相馬の病んだ表情も、骨ばったセクシーな手も、困惑顔の環に自分からわんわんリボンを持たせているところも、「天才ですね……！」以外の言葉がありません。淫靡で背徳的な時代感も漂っていて、最高です。

「いつかお仕事をご一緒させていただけるなら、ぜひ和物で」と憧れていたイラストレーターさんでした。このたびはお忙しい中、本当にありがとうございました。


お世話になっております担当様。

タイトルの件も含め、作者以上に的確で鋭いキャラ解釈に、今回もたくさん助けていただきました。

そして、毎度のことながらゲラへの突っ込みが秀逸です。「死にかけた生き物」と書いた某場面に、「↑かわいそうに……」という走り書きがあって、鼻水噴きました。気になった方は、どのシーンか探してみてください。確かにかわいそうでしたね。


最後になりましたが、ここまでお付き合いくださった読者様もありがとうございます。

このお話を書き始めたとき、日常はまだ穏やかでした。

原稿に追われている間はニュースもちらほらとしか目にしておらず、やっとひと息ついた頃には、不安と混乱が押し寄せる日々に変わっていました。

この本が出る時期の状況も、現時点では読めません。そんな中、今作をお手にとってくださった方に、何を申し上げるべきかと迷ったのですが。

状況の許す限り、エロガッパは作品を書きます。桃色根性で図太く生き延びます。

皆様もどうかご安全に。いつもの言葉に、いつも以上の祈りを込めて。

よろしければまた、どこかでお会いできますように。

二〇二〇年　四月　　　　　　　　　　　　　　葉月　エリカ

この本を読んでのご意見・ご感想をお待ちしております。

◆ あて先 ◆

〒101-0051
東京都千代田区神田神保町2-4-7 久月神田ビル
㈱イースト・プレス　ソーニャ文庫編集部
葉月エリカ先生／藤浪まり先生

狡猾《こうかつ》な被虐愛《ひぎゃくあい》

2020年6月6日　第1刷発行

著　　者　葉月《はづき》エリカ
イラスト　藤浪《ふじなみ》まり
装　　丁　imagejack.inc
D T P　松井和彌
編集・発行人　安本千恵子
発 行 所　株式会社イースト・プレス
〒101－0051
東京都千代田区神田神保町2－4－7 久月神田ビル
TEL 03－5213－4700　FAX 03－5213－4701
印 刷 所　中央精版印刷株式会社

ISBN 978-4-7816-9675-1
定価はカバーに表示してあります。

『孤独な女王と黒い狼』　春日部こみと

イラスト 篁ふみ

『或る毒師《どくし》の求婚』 荷鴣

イラスト 鈴ノ助

『背徳の恋鎖《れんさ》』 葉月エリカ

イラスト アオイ冬子